Vergessen? Nie!

Vorwort

Diese Geschichte basiert auf reiner Phantasie. Jede Ähnlichkeit mit lebenden oder verstorbenen Personen wäre ungewollt und purer Zufall.

Alle Namen wurden frei erfunden. So existiert in Zürich weder eine Polizeiorganisation unter dem Namen „Zürcher Polizei" noch gibt es dort eine Abteilung mit der Bezeichnung „Mordkommission".

Zum Autor

Peter J. Hoff arbeitete selbst fast vierzig Jahre bei der Polizei und befasste sich in den letzten 15 Jahren seiner beruflichen Tätigkeit hauptsächlich mit Mordfällen und schweren Gewaltdelikten.

Herstellung und Verlag:
BoD - Books on Demand, Norderstedt
ISBN 978-3-8448-1821-5

4

Vergessen? Nie!

Ein Zürcher Kriminalroman
von Peter J. Hoff

Aus der Serie

Zürich im Licht der Dunkelheit

Band 3

Einmal mehr, ging ein sehr anstrengender Arbeitstag zu Ende. Die gleissende Sonne hatte das Büro welches ich mit meinem Kollegen Alain Bayard teile, in eine richtige Sauna verwandelt. Am Nachmittag wenn die Sonne so ungehindert durch die Fensterscheibe brennt, ist es beinahe unmenschlich, Leute in diesen Räumen arbeiten zu lassen. Leider ist es bei uns nicht anders als in andern Städten und Ländern. Für die öffentliche Hand, ist nie genügend Geld vorhanden, und für die Polizei schon gar nicht. Sonst wäre längstens eine Klimaanlage in unser Bürogebäude eingebaut worden.
Deshalb freute ich mich jetzt ums mehr auf einen ruhigen Feierabend.
Kaum in meiner bescheidenen Wohnung in der Vorortsgemeinde von Zürich angekommen, schälte ich mich aus meinen Kleidern und stellte mich unter die Dusche.
Herrlich! Wie das kühle Wasser über meinen brennenden Körper rieselte. Ich könnte stundenlang so stehen bleiben, doch beabsichtigte ich, nachdem die Temperatur ein wenig nachgelassen hatte, mit meiner schweren BMW Tourenmaschine ein wenig über Land zu fahren und vielleicht an einem See in der Umgebung der Stadt eine kleine

Mahlzeit zu mir zu nehmen und so den Abend bei Sonnenuntergang ausklingen lassen. Meine Freundin, Karin, kann mich leider nicht begleiten, da an diesem Abend ein Geschäftsessen mit ausländischen Geschäftspartnern auf dem Programm steht und ihr Chef grossen Wert darauf legt, dass sie, als seine persönliche Sekretärin dabei ist. So bleibt mir nichts anderes übrig, als den Abend alleine so gut wie möglich zu geniessen. Voller Freude auf den bevorstehenden Ausflug, verliess ich das Badezimmer und durchquerte das Wohnzimmer. Ich wollte ins Schlafzimmer gelangen um mir leichte Freizeitkleidung anzuziehen, als plötzlich ein Knall durch meine Wohnung peitschte. Instinktiv warf ich mich zu Boden und fragte mich, was das wohl war, da knallte es bereits ein zweites Mal. Ich lag nahe der Wand, und so merkte ich, wie Gips auf meinen nackten Oberkörper herunter bröckelte.

Keine Frage, jemand hatte es auf mich abgesehen und zweimal durch das Fenster geschossen. Im Glas der Balkontüre konnte ich zwei runde Schusslöcher ausmachen und in der Wand hinter mir gähnten zwei Krater im Gips.

Den geplanten, schönen Abend konnte ich mir hiermit abschminken. Nun gab es Wichtigeres zu tun.

Als keine Schüsse mehr folgten, robbte ich, am Boden liegend zum Fenster und versuchte irgendwo in der Nachbarschaft den Schützen auszumachen, doch leider ohne Erfolg. Zwar standen einige Fenster der Nachbarhäuser offen, doch schien das Wohnquartier wie ausgestorben.

Ich entschloss mich, meine Nacht- oder Spätschicht arbeitenden Kollegen anzurufen und vorerst eine Anzeige wegen Gefährdung des Lebens oder wegen Tötungsversuches gegen Unbekannt zu erstatten.

*

„Es dürfte sich um eine 306er Munition handeln" klärte mich mein Kollege René Harm von unserer Ballistik

Abteilung auf, nachdem er das erste Geschoss aus der Gipsmauer herausgekratzt hatte. „Ganz sicher bin ich mir natürlich nicht, da das Geschoss ziemlich deformiert wurde beim Aufprall."

Später, nachdem die Techniker Fäden zwischen den Einschusslöchern am Fenster und den Aufprallstellen in der Wand gespannt hatten um die Richtung aus welcher die Schüsse stammten zu bestimmen, sagte René: „Der Schütze dürfte sich mit allergrösster Wahrscheinlichkeit im obersten Geschoss des Nachbarhauses oder auf dessen Flachdach befunden haben, als er die Schüsse abfeuerte. Sofort begab ich mich mit zwei Kollegen der Kriminaltechnik zum Nachbarhaus, wo uns der Hausmeister die Luke zum Flachdach öffnete. Über eine herunter klappbare Holztreppe gelangten wir auf das Dach. Die Treppe war mit einer feinen Staubschicht behaftet, und so konnten wir genau sehen, dass diese kurz zuvor benutzt worden war, da die Fussabdrücke im Staubfilm gut sichtbar waren. Allerdings nicht gut genug um irgendwelche brauchbaren Spuren zu sichern. Auf dem Flachdach angelangt, fanden wir schon bald die zwei Patronenhülsen aus welchen die Projektile in meiner Wohnung stammten.

„Wenigstens etwas" meinte René Harm. „Einen ersten Fehler hat der Täter, vermutlich in der Aufregung, gemacht. Aufgrund der Hülsen können wir mit ziemlicher Sicherheit die Gewehrmarke bestimmen und, mit jedem typengleichen Gewehr vergleichen. Sollten wir irgendwann in den Besitz des richtigen

Gewehres gelangen, können wir es per Gutachten als sichere Tatwaffe identifizieren".

„Vielleicht ist sich der Schütze seiner Sache aber auch so sicher, dass er das Einsammeln der Hülsen gar nicht für nötig hält" fügte ich an. „Möglicherweise geht er davon aus, dass wir sowieso nie an sein Gewehr herankommen würden."

Weitere, auswertbare Spuren konnten keine gefunden werden, sodass wir nur hoffen konnten, eventuell ein DNA Profil auf den Patronenhülsen sicherstellen zu können. Wer weiss? Vielleicht haben wir für einmal Glück.

Nach Abschluss der Tatortarbeit verabschiedeten sich meine Kollegen und ich blieb in der Wohnung zurück. Die Lust auf einen schönen Abendausflug war mir gänzlich vergangen. Ich schaute noch ein wenig fern, doch es gelang mir nicht, mich auf die Nachrichtensendung, geschweige denn, den nachfolgenden Film zu konzentrieren. Zu stark beschäftigten mich die Gedanken an das soeben erlebte. Ich ging frühzeitig zu Bett doch konnte ich lange Zeit kein Auge zu tun. Immer wieder fragte ich mich, was das wohl zu bedeuten habe.

*

Nachdem ich erst weit nach Mitternacht eingeschlafen war, erwachte ich schon kurz nach vier Uhr wieder. Ich konnte nicht mehr schlafen und beschloss, aufzustehen. Ich ertappte mich dabei, wie ich immer wieder, wenn ich mich ins Wohnzimmer begab, auf das Dach des Nachbargebäudes schaute. Auch aus den andern Fenstern spähte ich möglichst versteckt, in die Nachbarschaft, doch konnte ich nirgends irgendetwas Verdächtiges feststellen.

Am folgenden Morgen war ich als erster unserer Abteilung im Büro. Kurz nach sechs Uhr erschien auch schon unser Chef, Walter Anders. Er war bereits informiert über den gestrigen Anschlag. Die Einsatzzentrale hatte ihn darüber in Kenntnis gesetzt. Er kam als erstes in mein Büro: „Was habe ich da gehört? Es wurde auf sie geschossen?"

„Ja, das ist richtig und ich habe nicht die geringste Ahnung wer dies gewesen sein könnte" musste ich eingestehen.

„Ich schlage vor, wir bringen sie für eine gewisse Zeit an einem andern Ort unter und wir beschäftigen sie soweit möglich, im Innendienst" sagte er mir mit besorgter Stimme.

„Bitte nicht" flehte ich. „Was soll ich im Innendienst? Es ist schon hart genug, dass ich alle meine Rapporte schreiben muss und damit kostbare Zeit verliere, die ich besser zum Auffinden von Verbrechern nutzen könnte. Ich bin nicht der Mann für den Innendienst."

„Ich verstehe sie ja", versuchte er mich zu beruhigen. „Aber die Sicherheit meiner Leute hat oberste Priorität."

„Trotzdem. Können wir nicht wenigstens noch eine Sitzung im kleinen Rahmen durchführen? Vielleicht hat jemand anders eine Idee wer der Schütze sein könnte", versuchte ich auf ihn einzureden.

„Einverstanden." Sagte er schliesslich und bat mich um neun Uhr in sein Büro zu kommen. „Und bringen Sie Alain Bayard mit".

*

„Wollte dich jemand umbringen?" Mit diesen Worten begrüsste mich mein Kollege Alain Bayard, als er unser gemeinsames Büro betrat.

„Woher weißt denn du das schon wieder?" Fragte ich nicht ohne Verwunderung.

„Du weißt ja wie das ist. Die Buschtrommeln sind schnell in unserem Gebäude. Überall ist

der Anschlag auf dich zurzeit Tagesgespräch."
Klärte er mich auf.

„Das passt mir gar nicht. Wer weiss, vielleicht war ich ja ein rein zufälliges Opfer. Vielleicht handelt es sich beim Täter um einen Spinner der einfach jemanden umbringen oder jemandem Angst einjagen wollte. Vielleicht wusste er ja gar nicht wer ich bin. Daraus jetzt so ein grosses Aufsehen zu machen finde ich verfrüht und dumm. Können wir nicht einfach zur Tagesordnung übergehen und uns an die Arbeit machen? Übrigens, um neun Uhr sollen wir zum Chef gehen, zusammen. Er möchte mich sicherheitshalber in den Innendienst verlegen. Ich warne dich, wenn du dieser Meinung zustimmst, sind wir die längste Zeit Freunde gewesen. Was soll ich im Innendienst? Ich würde elendiglich daran zugrunde gehen. Nein, ich gehöre raus auf die Strasse. Die Büroarbeit sollen andere bewältigen. Hast du mich verstanden? Bitte, mach dem Chef auch klar, dass es keine gute Idee ist, mich einzuschliessen. Kann ich mich auf dich verlassen?"

„Ja, schon...", antwortete mir Alain zögernd, „Vielleicht macht sich der Chef aber auch berechtigt Sorgen um dich und vielleicht hat er

14

gar nicht ganz unrecht mit seinem Vorschlag", fügte Alain noch bei.

„Untersteh dich, ihn in seiner Idee zu unterstützen. Habe ich mich klar genug ausgedrückt?" Gab ich meinem Kollege auf ungewohnt hart tönende Art meine Meinung zu verstehen. Damit sollte auch für ihn klar sein, dass ich zu keinerlei Kompromissen bereit war. Jedenfalls blieb jeglicher Kommentar seinerseits aus. Ohne ein weiteres Wort über das Geschehene zu verlieren, widmeten wir uns beide unserer Arbeit.

Ich versuchte, mich mit den aktuellen Fällen zu beschäftigen und das Erlebte zu vergessen. Auch wenn ich mich noch so bemühte, es gelang mir nicht, mich auf etwas anderes zu konzentrieren und ich musste immer daran denken, wer es wohl auf mich abgesehen haben könnte. Natürlich liess ich mir das nicht anmerken. Ich versuchte mir auch einzureden, dass ich ein Zufallsopfer gewesen sein könnte, doch wollte mein Hirn diese Variante einfach nicht aufnehmen.

Kurz nach acht Uhr, rief ich einen Glaser an um die Fensterscheibe in meinem Wohnzimmer zu ersetzen, welche ich gestern nur provisorisch mit einem Karton überklebt hatte. Dann meldete ich den Vorfall der

Hausverwaltung. Ich glaubte, die Frau am dortigen Telefon bräuchte einen Arzt. Sie ereiferte sich, vermutlich mehr als wenn auf sie selbst geschossen worden wäre. Ich versuchte sie zu beruhigen, was mir leider nur teilweise gelang. Jedenfalls hatte ich mit der Meldung meine Pflicht gegenüber der Hausverwaltung nun wahrgenommen und brauchte mir keine Gedanken mehr darüber zu machen.

Es vergingen kaum fünf Minuten, ohne dass irgendein Kollege die Nase in unser Büro streckte und wissen wollte, was denn passiert sei. Ich wies sie alle mehr oder weniger ab mit dem Hinweis, dass ich den Vorfall am nächsten Morgenrapport erklären würde.

Es blieb noch ca. eine halbe Stunde, bis zu unserem Termin beim Chef. Jetzt begann Alain zögernd, das Thema noch einmal anzuschneiden.

"Darf ich mal aus deinem Munde den genauen Ablauf dieses Anschlages auf dich hören, ehe wir zum Chef müssen? Es wäre sicher sinnvoll, wenn ich die Tatsachen aus erster Hand kennen würde und nicht nur die Gerüchte welche herum geboten werden.

"OK, Du hast recht. Leider kann ich dir aber auch nicht viel erzählen, da ich selbst nicht viel weiss." Ich schilderte ihm in kurzen Sätzen das Geschehen vom vergangenen Abend, damit er auf dem neuesten Stand war, wenn wir zum Chef mussten.

*

„Nehmt Platz" mit diesen Worten und einer Handgeste wies unser Chef auf die Stühle die den ovalen Sitzungstisch in seinem Büro umgaben. „Und, haben sie inzwischen einen Verdacht, wer den Anschlag auf sie verübt haben könnte?" wollte er von mir wissen.
„Nein, natürlich nicht" musste ich eingestehen.
„Es gibt so viele Verbrecher die ich in all den Jahren hinter Gitter gebracht habe, dass ich nicht einfach so, einen Verdächtigen aus dem Hut zaubern kann. Ich werde aber überprüfen, wer von all denen kürzlich entlassen wurde. Aussprüche wie: „Das wirst du mir noch büssen" oder ähnlich habe ich schon von so vielen gehört, dass ich es nicht mehr wirklich ernst nahm. Ich will aber auch nicht ausschliessen, dass es sich einfach um einen Geistesgestörten handelt der es nicht spezifisch auf mich abgesehen hat."
„Ich bin nach wie vor der Meinung, dass wir sie im Innendienst beschäftigen sollten, bis wir

den Verdächtigen gefunden haben", meinte Walter Anders fürsorglich.

„Nein, bitte nicht, Chef" bat ich ihn. „Eine Versetzung in den Innendienst würde mich krank machen und ein kranker Ermittler nützt ihnen auch im Innendienst nichts" versuchte ich ihn zu überzeugen. „Dazu kommt, dass wir sicher schneller an den Täter heran kommen, wenn ich mich in der Öffentlichkeit blicken lasse."

Diese Aussage schien meinen Vorgesetzten halbwegs zu überzeugen auch wenn er nicht ganz hinter dieser Entscheidung stehen konnte, so liess er mich doch weiterhin meiner gewohnten Arbeit nachgehen. Ich musste ihm allerdings versprechen, nie mehr ins Freie zu treten, ohne vorher eine Schutzweste unter meinem Hemd anzuziehen. Das versprach ich hoch und heilig. Es lag mir wirklich sehr viel daran, nicht in irgend einem Kämmerlein zu verstauben, denn wer weiss wie lange es noch dauern würde, bis der Schütze, -wenn überhaupt-, gefasst wurde.

Wir waren noch nicht ganz fertig mit unserem Gespräch, als das Telefon auf dem Chef Pult läutete.

Walter Anders nahm den Anruf in ziemlich schroffem Ton entgegen: „Ich habe ihnen doch

gesagt, dass ich nicht gestört werden will",
sagte er zu seiner Sekretärin Marion. Dann
lauschte er längere Zeit am Hörer, ohne ein
Wort zu sagen. Schliesslich antwortete er: „Ich
werde Alain Bayard und Franz Buck zum
Tatort schicken." Diese Aussage war für mich
wie eine Erlösung, war ich doch damit wieder
voll im Geschäft, auch wenn ich noch nicht
wusste, um was es dabei ging.

„Wir haben ein weiteres Tötungsdelikt"
informierte uns unser Chef, nachdem er das
Telefon aufgelegt hatte. „Ein Marktfahrer
wurde erschossen, als er an der Nansenstrasse
in seinen Lieferwagen steigen wollte. Vom
Täter fehlt jede Spur. Bitte, nehmt euch der
Sache an und haltet mich auf dem
Laufenden". Mit diesen Worten verabschiedete
er uns und wir machten uns auf den Weg nach
Zürich Nord.

*

Die Nansenstrasse liegt inmitten des Stadtteils
Zürich Oerlikon im Norden der Stadt. Sie führt
am Marktplatz vorbei wo zweimal wöchentlich
ein Gemüsemarkt stattfindet. Es zeigte sich
bald, dass die ersten Meldungen über das
Tötungsdelikt nicht ganz der Tatsache
entsprachen. Beim Getöteten handelt es sich

nicht um den Marktfahrer selbst, sondern um einen seiner Mitarbeiter der jeweils als Aushilfe tätig war für einen Grossbauer der Region. Er half ihm am Verkaufsstand am Markt. Offensichtlich war er gerade damit beschäftigt, Gemüsekisten in den Lieferwagen zu stellen, als er von einer Kugel getroffen wurde und auf der Stelle tot zusammen brach. Da sich keine Zeugen finden liessen, welche den Vorfall direkt beobachtet hatten, wurde es sehr schwierig den Standort des Schützen ausfindig zu machen. Zwar stellte man den Einschuss seitlich am Hals fest, doch gab es keine Hinweise in welcher Position das Opfer stand, als es getroffen wurde. Somit konnte der Schuss aus einem Umkreis von beinahe 360° abgefeuert worden sein. Einzig die Richtung in welcher der Lieferwagen stand konnte als Schussrichtung ausgeschlossen werden, da er sich zum Zeitpunkt des Einschusses hinter diesem befunden hatte.

Fast gleichzeitig mit uns trafen auch die Kriminaltechniker am Tatort ein. Als erstes sperrten sie den Tatort grossräumig ab. Unter Unmutsäusserungen beinahe aller betroffenen Marktfahrer wurde denen eröffnet, dass für sie der Markt heute vorzeitig zu Ende sei. Die Techniker versuchten so viele Spuren zu sichern wie nur irgendwie möglich. Es blieb aber ein bescheidener Versuch. Ausser dem Blut, liessen sich keinerlei Spuren finden. Auch hatte keiner der vielen Anwesenden einen Schuss gehört. Man sah einfach den Mann ohne sichtlichen Grund zusammenbrechen, eine Wunde war vorerst nicht zu sehen. Erst als das Blut ausfloss, stellten die Leute die Verletzung fest.

Die Kollegen des Kriminalfotodienstes hielten jedes Detail fotografisch fest und sie versprachen mir noch heute eine Kurzdokumentation zukommen zu lassen.

Nun traf auch der Pikettdienst leistende Staatsanwalt der Abteilung IV für Gewalt-delikte, Alois Kaderli, am Tatort ein. Aufgrund meiner langjährigen Tätigkeit kannte ich alle Staatsanwälte dieser Abteilung. Im Grossen und Ganzen handelte es sich um gute und sehr erfahrene Staatsanwälte, die eng mit uns Polizisten zusammen arbeiteten. Einige wenige geben uns aber immer wieder zu verstehen, dass sie die Studierten sind und wir nur ihre Werkzeuge, die das zu tun hätten, was sie anordneten. Diesen Alois Kaderli kannte ich erst vom Sehen, ich hatte mit ihm bisher noch keinen Fall, da er selbst erst seit wenigen Wochen in dieser Abteilung der

Staatsanwaltschaft tätig war. Wir begrüssten uns und ich informierte ihn über alles Wissenswerte, was sich allerdings bis jetzt in einem sehr kleinen Rahmen hielt.

„Wir wissen weder etwas über einen Verdächtigen, noch über den Ort wo der Schuss abgefeuert wurde. Wir müssen davon ausgehen, dass der Schütze aus irgendeinem Fenster rund um den Marktplatz geschossen hat. Es ist aber zurzeit aussichtslos, das richtige Fenster zu finden. Sie sehen ja selbst, es befinden sich nebst einigen 5-6 stöckigen Mehrfamilienhäuser, mehrere grosse und kleinere Verkaufsgeschäfte, Warenhäuser und ein modernes Hotel in unmittelbarer Nähe. Alle diese Häuser und jedes einzelne Fenster müssen als potenzielle Tatorte in Betracht gezogen werden. Am ehesten denkbar wäre für mich, dass der Täter ein Hotelzimmer im Swissôtel gemietet hat und von dort in aller Ruhe den Schuss abgeben konnte. Da niemand einen Schuss gehört hat, müssen wir davon ausgehen, dass ein Schalldämpfer verwendet wurde. Auch ist nicht klar, ob es sich um einen Spinner handelte, der wahllos schoss, oder ob das Opfer in einem Zusammenhang mit dem Täter steht. Wir werden uns nach der Tatbestandsaufnahme zuerst mit dem Umfeld des Opfers, wenn es dann identifiziert ist, auseinandersetzen." Berichtete ich dem ruhig scheinenden Staatsanwalt. Er war mit meinem Vorschlag einverstanden, jedenfalls widersprach er mir nicht.

Nun trat ein grosser, uniformierter Beamter auf mich zu und überreichte mir das Portemonnaie des Opfers. „Das hat der forensische Dienst in der Gesässtasche des Toten gefunden", klärte er mich auf. In der Geldbörse befand sich, nebst wenig Kleingeld und Notizen, auch eine Identitätskarte des Getöteten.

Bisher hatte ich das Gesicht des Opfers noch nicht gesehen, da er in Bauchlage in seinem Blut lag und ich die Lage nicht verändern wollte. Als ich jedoch das Foto in seiner ID-Karte sah, wusste ich sofort, dass ich den Mann kannte. Auch sein Name, Karl Hirschler war mir nicht unbekannt. Es handelte sich um einen Mann der uns als Polizeiinformant immer wieder brauchbare Hinweise lieferte. Er stand nirgends unter fester Anstellung und verdiente sich seinen Lebensunterhalt durch allerlei Aushilfsarbeiten. So war er auch durch Einsätze in verschiedenen Kneipen und Spelunken im Milieu tätig, woher er sich jeweils seine nützlichen Hinweise für uns beschaffen konnte.

Eine Tatortsuche konnten wir zum jetzigen Zeitpunkt vergessen, da wir über keinerlei Angaben verfügten aus welcher Richtung der Schuss abgegeben worden war.

So beschlossen wir, den Ort zu verlassen und in unser Büro zurück zu kehren. Bevor wir uns auf den Rückweg machten, informierte ich noch telefonisch unseren Chef über die spärlich vorliegenden Resultate unserer ersten Ermittlungen.

*

Als ich das Telefon vom Ohr nahm, sah ich unter den neugierigen Zuschauern ein Gesicht, welches mir bekannt schien. Na klar, das war doch mein ehemaliger Streifenpartner, Rudolf Murheim. „Hallo Ruedi!" rief ich in seine Richtung. Er sah zu mir hin und winkte mir zu, wenn auch anfänglich ein wenig scheu. „Was machst du denn hier? Fragte ich ihn, als wir bei ihm ankamen. „Hallo Franz", begrüsste er mich. Ich war gerade in der Gegend und wollte ein bisschen frisches Obst kaufen auf dem Markt, als ich sah, dass hier etwas los war. Du weisst ja wie das ist. Einmal Polizist, - immer Polizist. So hat mich die Neugier halt hierher getrieben. Was genau ist denn passiert? Wurde da wirklich jemand ermordet? Weiss man schon um wen es sich beim Opfer handelt? Unvorstellbar, an so einem Markt. Dass muss doch viele Zeugen geben oder etwa nicht? Habt ihr Hinweise auf die Täterschaft?" Er ereiferte sich richtiggehend. Erwartungsvoll schaute er mich an. Ich blickte ihm in die Augen und sah, dass er allmählich entspannter wurde. „Du weisst ja wie das ist. Ich kann und darf auch dir nichts sagen. Übrigens, das ist mein Kollege Alain Bayard" stellte ich ihm meinen Begleiter vor. „Er kommt aus den Walliser Bergen und wurde mir zugeteilt. Ich glaube, wir sind inzwischen ein ganz gut funktionierendes Team. Nicht wahr, Alain".

„Ich denke schon, dass man das so sagen kann", stimmte mir Alain zu.

„Mensch, Ruedi, wie lange haben wir uns jetzt nicht mehr gesehen? Komm, lasst uns kurz einen Kaffee trinken" schlug ich vor.

So begaben wir uns in die Café Bar Mojo an der Schaffhauserstrasse.

Während unserem Smalltalk erklärte mir mein ehemaliger Streifenkollege, dass er jetzt sein Geld als Chauffeur bei einem Kurierdienst verdiene. Er sei deshalb auch oft nachts unterwegs. Dabei wurde Ruedi immer offener. Ich war froh, dass er die Vergangenheit gut bewältigt hat und mir auch nicht mehr böse ist. Nach ca. einer Viertelstunde verabschiedeten wir uns und begaben uns zu unserem Dienstwagen. Kaum abgefahren, wollte Alain wissen, wer denn dieser Ruedi eigentlich ist.

„Das ist eine längere Geschichte", begann ich meine Erzählung. „Ruedi war vor vielen Jahren mein Streifenpartner, als ich noch bei der Sicherheitspolizei tätig war. Er war ein guter Mann und ein korrekter Polizist, bis er Eheprobleme bekam, die in einer Scheidung gipfelten. Dadurch wurde ihm der Boden unter den Füssen weggezogen und er verlor jeglichen Halt. Abends trieb er sich in Kneipen herum und kam oft zu spät zum Dienst. Nicht selten, roch er noch wie ein altes Schnapsfass, sodass es ihm mehrmals untersagt wurde, sich mit Kunden zu unterhalten. Auch auf Streife konnte er in diesem Zustand natürlich nicht mehr. Wir haben alles versucht, ihn wieder auf den richtigen Weg zurück zu bringen, aber leider erfolglos. Er geriet an falsche Kollegen und begann zu spielen im Casino. Bald hatte er Spielschulden und ein Verbleib bei der Polizei wurde immer unwahrscheinlicher

. Als ich ihn auch noch dabei ertappte, wie er Geld aus unserer Kaffeekasse einsteckte, konnte ich nicht mehr anders und musste ihn den Vorgesetzten melden. So verlor er seine Anstellung bei der Polizei und ich machte mir Vorwürfe ihn „verpfiffen" zu haben, obwohl ich mir heute bewusst bin, damit noch Schlimmeres verhindert zu haben. Ihm selbst half das alles wenig oder besser gesagt, gar nichts, denn seine schiefe Bahn wurde immer steiler und er fand nicht mehr zurück. Eines Tages hat man ihn bei einem Einbruch ertappt und er musste dafür einige Zeit in den Knast. Nun scheint er sich aber erholt zu haben. Jedenfalls machte er mir einen ganz guten Eindruck. Oder, was meinst du? Wie schätzt du ihn ein"?

„Es ist schwierig zu sagen. Ich kenne ihn zu wenig aber ich glaube, dass er ganz OK ist."

„Ich bin jedenfalls froh, dass er wieder normal mit mir umgehen kann und keinen Groll mehr verspürt mir gegenüber".

*

Zurück im Büro, setzte ich mich unverzüglich mit unserer Hotelkontrolle in Verbindung. Ich verlangte von ihnen, sämtlich Namen, welche am heutigen Vormittag im Swissôtel in

Oerlikon zu Gast waren. Vor allem interessierte mich, ob es Gäste gab, welche kurz nach der Tatzeit das Hotel verlassen hatten.

Schon nach einer knappen halben Stunde erhielt ich die elektronische Liste der Hotelgäste, welcher zu entnehmen war, wie lange die Leute einquartiert waren und wann sie ausgecheckt hatten. Ich hätte nie gedacht, dass so viele Leute in einem einzigen Hotel in Zürich übernachten würden, bzw. dass so viele Gäste innerhalb von zwei Stunden, zwischen 10:00 und 12:00 Uhr aus dem Hotel auschecken würden. Es waren nahezu 100 Personen, auf welche diese Kriterien zutrafen. Selbst wenn wir alle diese Personen einer genaueren Überprüfung unterzogen, so hiess es noch lange nicht, dass der Täter auch wirklich darunter war. Zu viele Orte gab es, von welchen er hätte schiessen können. So legte ich die Liste, nach einer ersten flüchtigen Übersicht zur Seite und machte mir Gedanken, wie wir sonst noch weiter kommen könnten.

Als erstes stand nun eine Hausdurchsuchung beim Opfer Karl Hirschler an. Am Bildschirm loggte ich mich in die Einwohnerkontrolle der Stadt Zürich ein und konnte feststellen, dass

Karl Hirschler noch immer in einer Wohngemeinschaft in Albisrieden, mit zwei andern Männern hauste. Entsprechend klein war die Hoffnung, dort irgendetwas zu finden, das uns hätte Aufschluss über einen möglichen Täter geben können. Trotzdem fuhren Alain und ich an die angegebene Adresse an der Zurlindenstrasse. Dort angekommen, betätigten wir den Klingelknopf, worauf ein ziemlich heruntergekommener Mann mittleren Alters die Türe öffnete. Er trug eine Art Tyrolerhut und seine Hose hatte wohl schon mehrere Monate keine Waschmaschine mehr von innen gesehen. Sein T-Shirt, welches wohl ursprünglich mal grau war, gab uns Auskunft über seinen Menüplan der letzten Woche. In seinem Dreitagebart befanden sich ebenfalls noch irgendwelche Essensresten. Den Mann als appetitlich zu bezeichnen gälte wohl als Übertreibung des Jahres.

Als wir uns auswiesen, schaute der Mann gar nicht auf unsere Dienstausweise, sondern erklärte uns: „Ihr braucht euch nicht auszuweisen. Ich erkenne die Bullen schon auf Distanz". „Aha", antwortete ich. „Dann haben sie scheinbar oft mit unserer Sorte zu tun wie?" Er gab mir darauf keine Antwort und liess mich eintreten. „Mit wem haben wir denn die Ehre"? fragte ich ihn. Wortlos streckte er mir eine Identitätskarte entgegen. Dieser war zu entnehmen, dass es sich um einen gewissen Harald Böhni handelte. Ich schrieb mir seinen Namen und Geburtsdatum auf. Ich würde ihn später noch überprüfen.

Die Hausdurchsuchung war schnell erledigt. Die Wohnung hatte nebst einer Küche und einem Badezimmer nur zwei Räume. Einer davon war mit Matratzen belegt und diente offensichtlich als Schlafzimmer. Der zweite war eine Art Aufenthaltsraum. In der Mitte stand ein kleiner Tisch und darum herum ein Paar abgesessene, nicht zusammen gehörende Polstersessel. Der Tisch war komplett belegt. Darauf befanden sich sowohl halbgefüllte Aschenbecher, wie auch Gläser und ein Teller mit Essensresten. Eine fast leere Flasche billigen Weines stand ebenfalls herum. Jedenfalls hätte ich diesen Tisch nicht als Unterlage für irgendwelche Notizen benutzen können, da kaum Platz für einen Bleistift frei war. Die Luft in der Wohnung erinnerte an eine alte Spelunke in welcher kalter Rauch sich in die Tapeten und die Polster eingefressen hatte und von dort ihren Geruch aussandte. „Ist es erlaubt, das Fenster ein wenig zu öffnen und mal frische Luft in die

Wohnung zu lassen?" Fragte ich den knorrigen Mitbewohner. „Von mir aus", murmelte dieser in seinen Dreitagebart. Das Öffnen des Fensters war wie eine Befreiung. Man konnte wieder ungehindert atmen ohne das Gefühl zu haben, man müsse die eingeatmete Luft zuerst kauen bevor man sie der Lunge zumuten konnte.

„Wo sind die persönlichen Sachen von Karl Hirschler"? fragte ich den Mitbewohner. „Dort in der Ecke steht sein Schrank", antwortete dieser. Sonst hat er meines Wissens nichts ausser den Toilettensachen im Badzimmer. Warum kommt ihr überhaupt hierher? Hat Kari was ausgefressen? Habt ihr ihn eingebuchtet?"

„Wie stehen sie zu Karl Hirschler? Wie ist ihre Beziehung zu ihm?" Fragte ich in ernstem Ton.

„Wir sind Kollegen und wohnen in derselben Wohnung, mehr nicht. Mich als engen Freund zu bezeichnen wäre sicher falsch. Wir leben halt hier zusammen, weil wir uns in diesem teuren Pflaster von Zürich keine alleinige Wohnung leisten können. Ansonsten haben wir nichts gemeinsam." gab er mir zur Antwort.

„Karl Hirschler ist tot" gab ich ihm zu verstehen. Jetzt schien er doch ein wenig betroffen. Jedenfalls starrte er uns ungläubig an. Erst nach einigen Augenblicken fand er die Sprache wieder und fragte nach: „Was sagen sie da? Kari ist tot? Wieso denn? Was ist passiert?"

„Er wurde heute Vormittag von einem Unbekannten erschossen." Klärte ich ihn auf. „Können sie sich vorstellen, wer so etwas gemacht haben könnte? Hatte er Feinde oder war er in letzter Zeit ein wenig anders als sonst? Schien er sich vor jemandem zu fürchten oder so? Ist ihnen irgendetwas an ihm aufgefallen, dann sagen sie es uns. Es würde uns sehr helfen bei der Suche nach dem Mörder."

Der Mann setzte sich auf einen der abgewetzten Sessel und starrte sprachlos vor sich hin. Offensichtlich ging ihm der Tod seines Kollegen doch näher als er dies zugeben wollte.

Wir warfen einen Blick in den Schrank welcher von Harald Böhni als derjenige von Karl Hirschler bezeichnet worden war. Darin befanden sich keinerlei Überraschungen. Ein wenig Kleider, Unterwäsche, ein paar alte Schuhe und zwei unbezahlte Rechnungen vom Steueramt, das war's auch schon. Ich überreichte dem Mitbewohner meine

Visitenkarte und bat ihn, uns anzurufen, falls ihm irgendetwas in den Sinn kommen würde. Dann verliessen wir die Wohnung und fuhren zu unserer Dienststelle zurück.

*

Die Obduktion der Leiche in der Gerichtsmedizin war für den kommenden Vormittag um 09:00 Uhr vorgesehen. Bei jedem Tötungsdelikt wird eine Obduktion durchgeführt und es hat sich als sehr positiv erwiesen, dass auch jemand von unserer Abteilung dabei anwesend ist. Obwohl wir keine Akademiker sind und auch nicht Medizin studiert haben, ist es immer hilfreich, wenn man die groben Fakten der Obduktion unmittelbar kennt. Bis schliesslich sämtliche Gutachten und Analysen der Gerichtsmedizin vorliegen, dauert es zu lange, denn oftmals sind wir auf sofortige Erkenntnisse angewiesen. Auch die sezierenden Ärzte schätzen es, wenn jemand dabei ist, welcher die Details der Tat kennt, da doch oft, der an den Tatort ausrückende Arzt und der sezierende Gerichtsmediziner, zwei verschiedene Personen sind.
Mir waren die Hände gebunden, d.h. es fehlten schlicht sämtliche Hinweise die ein Ermittler

33

braucht um arbeiten zu können. Natürlich konnten wir das Umfeld des Opfers durchleuchten und alle diese Leute befragen. Mit Sicherheit werden wir das auch tun, doch erwartete ich keine wirklich aufschlussreichen Hinweise aus diesen Befragungen. Ich kannte das Opfer und ich wusste nur zu gut, dass Karl Hirschler, selbst wenn er sich bedroht gefühlt hätte, niemanden davon erzählt hätte. Karl war einer der Männer die glauben, alles selbst lösen zu können und keine fremde Hilfe zu benötigen.

Da ich zurzeit beinahe keinerlei Ansatzpunkte fand um meine Ermittlungen zu erweitern, ging ich selbst zur Obduktion. Wenn man keinen zu empfindlichen Magen hat und die unschönen Bilder einer Sektion ertragen kann, dann ist es für einen Laien wie mich, immer wieder sehr interessant und lehrreich, zu sehen wie der menschliche Körper gebaut ist und wie er funktioniert.

Noch bevor die eigentliche Sektion begann, wurde der Körper wie immer, gewaschen, gemessen, gewogen und fotografiert. Deutlich war der Einschuss im oberen, linken Halsbereich zu sehen. Einen Ausschuss konnte man nicht feststellen, mit andern Worten, das Projektil musste noch irgendwo im

Körper stecken. Nach diesen Vorbereitungen konnte endlich mit der eigentlichen Obduktion begonnen werden.

Es dauerte rund eine Viertelstunde, bis der sezierende Arzt, Dr. Frehner, freudig mitteilte: „Hier ist sie". Dabei hielt er die Kugel zwischen den Spitzen einer langen Pinzette in die Höhe, als ob er eine Trophäe präsentieren würde. „Die Kugel lag in der rechten Schulter. Wenig hätte gefehlt und sie wäre ausgetreten" fügte er seinen Ausführungen bei. Mittels eines gelben Kunststoffstabes, der einer überdimensionalen Stricknadel gleicht, wurde der Schusskanal sichtbar gemacht. Dr. Frehner erklärte mir, welchen Schaden die Kugel im Innern des Körpers angerichtet hatte. „Sehen sie hier", klärte er mich auf, indem er auf die inneren Verletzungen zeigte. „das Projektil hat den Gehirnstamm durchschlagen, anschliessend die Wirbelsäule und ist schliesslich im Schultergelenk stecken geblieben, nachdem es auch noch das Schulterblatt demoliert hat". Dann fügte er noch bei: „Der Tod muss innerhalb von Sekunden eingetreten sein, da der Hirnstamm völlig zerstört ist. Der Schusskanal verläuft in einem Winkel von ca. 20° von links oben am Hals nach schräg unten in die rechte Schulter.

Er deponierte das Projektil in ein kleines Kunststoffsäckchen und überreichte es mir. Unsere Ballistiker sollen sich anschliessend mit dem Geschoss befassen.

Ich hatte gesehen was ich brauchte und verabschiedete mich. Der Rest der Sektion war für mich nicht mehr von Bedeutung und der Arzt würde es mich wissen lassen, falls er noch etwas Unvorhergesehenes feststellen sollte.

Sogleich überbrachte ich die Kugel René Harm. Obwohl das Blei ziemlich deformiert war, hoffte ich, dass er wenigstens das Kaliber und eventuell die Marke heraus finden würde. „Ich wäre froh, wenn du möglichst bald etwas über dieses Geschoss aussagen könntest, denn es ist fast der einzige Anhaltspunkt den wir bisher haben" sagte ich zum Ballistiker und ich wusste, dass er sein Bestes geben würde.

Für Aussenstehende mag es unverständlich klingen, doch war ich froh über dieses Tötungsdelikt. Es zog meine ganze Aufmerksamkeit auf sich und es brachte mich auf andere Gedanken. Darüber vergass ich beinahe dass erst vorgestern auf mich geschossen worden war.

Den Nachmittag bis zum Feierabend verbrachte ich zusammen mit Alain mit der Durchforschung der Gästeliste des Swissôtels.

Wir konzentrierten uns dabei vor allem auf Männer mit Wohnsitz in der Schweiz oder dem nahen Ausland. Der Täter musste ja ein Gewehr benutzt haben, was bei einer Einreise per Flugzeug fast ein unlösbares Problem darstellt. Wir glichen die Gästeliste mit unserem System ab aber auch das schien uns keine weiteren Hinweise auf die Täterschaft zu geben. Bis zum offiziellen Feierabend fanden wir niemanden auf dieser Liste, der uns auf den ersten Blick verdächtig schien. Das einzige Positive daran war, dass wir für einmal rechtzeitig Feierabend machen konnten.

*

Zuhause angekommen, leerte ich zuerst meinen Briefkasten. Nebst einigen unbeliebten Rechnungen und aufdringlichen Reklameprospekten fand ich einen unbeschriebenen Umschlag. Er war nicht zugeklebt nur die Lasche war eingesteckt. Ich öffnete ihn und sah sofort, dass dies nichts Freundliches sein konnte. Ein weisses Blatt kam zum Vorschein auf welchem ausgeschnittene Buchstaben klebten. Ich ging in die Wohnung und nahm den Brief mit einer

Pinzette aus dem Umschlag. Die aufgeklebten Buchstaben bildeten folgenden Text:

„Diesmal hattest du noch Glück. Ich weiss aber wo du wohnst und wo du arbeitest. Du wirst mir nicht entkommen. Geniesse die kurze, verbleibende Zeit. Viel Glück!"

Sofort schrillten bei mir sämtliche Alarmglocken. Versteckt schaute ich immer wieder auf das Flachdach des Nachbarhauses.

Der Polizist in mir meldete sich und drängte mich dazu, diesen Brief weiter zu leiten. Mein Ego jedoch redete mir ein, ihn zu verheimlichen, da mir sonst der Innendienst drohte. Ich war hin und her gerissen. Ich verbrachte eine unruhige Nacht in der ich kaum Schlaf fand.

Schon früh stand ich auf und war mir noch immer nicht schlüssig, was ich machen sollte. Dann siegte schliesslich der Polizist in mir und ich beschloss, den Brief, wie es sich gehört, bekannt zu geben und an die Spurensicherung weiter zu leiten. Wer weiss, vielleicht liessen sich ja Fingerabdrücke oder DNA Spuren am Papier feststellen.

Noch ziemlich schlaftrunken verliess ich die Wohnung und begab mich zu meinem silbern glänzenden Honda Civic, den ich wie immer, auf meinem privaten Parkplatz abgestellt hatte. Ich wollte am Abend nach der Arbeit direkt zu Karin fahren denn ich hatte ihr bisher nur kurz am Telefon geschildert, was mir passiert war. Nun machte sie sich logischerweise Sorgen, dass mir etwas zustossen könnte. Ich werde versuchen, sie zu beruhigen und mit ihr am Abend etwas unternehmen. Je nachdem zu was wir uns entscheiden würden, erwiese sich das Motorrad möglicherweise als ungeeignet. Deshalb nahm ich entgegen der Gewohnheit, das Auto um ins Büro zu fahren. Schon aus ca. 50 Metern Distanz sah ich, wie jemand neben meinem Wagen kauerte und offensichtlich am Rad manipulierte. Das hatte mir gerade noch gefehlt, dass mir einer die Radschrauben löste oder die Pneus aufschlitzte. So schnell ich mich mit meinen noch nicht auf richtige Betriebstemperatur gekommenen Gliedern bewegen konnte, rannte ich auf den Mann zu. Ich war noch ca. 30 Meter von ihm entfernt, als er mich erblickte und sofort flüchtete. Er war ziemlich schnell und ich hielt zudem noch meine Aktenmappe in der Hand, welche mich beim Rennen behinderte. Ich konnte sie leider nicht einfach fallen lassen, da sich darin wichtige Unterlagen befanden. Ich bemerkte, dass sich die Distanz zwischen mir und dem Flüchtenden vergrösserte. Nun rannte er über die breite Einfallstrasse, ohne sich um den inzwischen zunehmenden Morgenverkehr zu kümmern. Ein Hupkonzert war die Folge, doch erreichte er wie durch ein Wunder die andere Strassenseite ohne dass er von einem Fahrzeug angefahren worden wäre. Inzwischen hatte auch ich diese Strasse erreicht und musste sie überqueren. Zu allem Verdruss, schnitt mir auch noch ein langer Gelenkbus den Weg ab. Erst als dieser vorbei war, gelang es mir mit einem verzweifelten Handzeichen die Autofahrer zum Anhalten zu bewegen und die Strasse zu überqueren. Auf der andern Seite angekommen, war vom Flüchtenden weit und breit keine Spur mehr zu sehen. Zu zahlreich waren hier die Flucht- und Versteckmöglichkeiten die sich ihm boten, als dass ich eine Suche, mit nur geringster Aussicht auf Erfolg, hätte starten können.

So ging ich dann zu meinem Fahrzeug zurück. Ich inspizierte das Auto sehr genau und überprüfte sämtliche Radmuttern und Bereifungen. Ich hatte Glück. Offensichtlich war ich gerade noch rechtzeitig gekommen, um einen Sabotageakt zu verhindern. Oder sah ich etwa bereits Gespenster? War der Unbekannte vielleicht ein Umweltaktivist der die Autos als seine Feinde betrachtete und sich an ihnen auf irgendwelche Art zu rächen versuchte? Aber warum gerade heute? Warum ausgerechnet mein Fahrzeug? Warum jetzt wo ich schon von einem Verrückten verfolgt und bedroht wurde? Für meinen Geschmack war das ein wenig zu viel, um an die Zufallstheorie zu glauben.

*

Obwohl ich sehr früh an meinem Arbeitsort ankam, brannte bereits Licht im Büro des Chefs. Manchmal fragte ich mich, ob er überhaupt ein Zuhause habe. Jeden Morgen war er als erster da und am Abend verliess er das Büro erst, wenn alle seine Untergebenen gegangen waren.

Ich begab mich zuerst in mein eigenes Büro und richtete mich ein. Ich versuchte so, Zeit zu gewinnen, um nicht sofort zum Chef gehen zu müssen. Es fiel mir schwer, ihn über die neuesten Entwicklungen zu informieren, da er offensichtlich noch immer der Überzeugung war, dass man mich aus Sicherheitsgründen aus dem „Verkehr ziehen" sollte. Vielleicht hatte er ja recht. Vermutlich würde ich an seiner Stelle dasselbe tun. Ich war aber nun mal nicht an seiner Stelle und fest entschlossen, mich nicht einsperren zu lassen.

„Herein!" vernahm ich seine Stimme nachdem ich geklopft hatte.

„Na, haben sie es sich überlegt und sind sie bereit, nun für einige Zeit in den Innendienst zu treten?" fragte er mich sofort als ich sein Büro betrat.

„Nein, bitte nicht" flehte ich ihn an. Was auch immer geschehen mag, nichts kann schlimmer sein für mich als hinter Aktenstössen zu versauern." Versuchte ich ihn umzustimmen.

„Wenn sie wollen", fügte ich bei, „bin ich bereit eine schriftliche Erklärung zu unterschreiben, dass ich die ganze Verantwortung trage für den Fall, dass mir etwas zustossen sollte. Zudem glaube ich, dass mich auch ein Innendienst und eine vorübergehend andere Adresse nicht schützen könnten. Der Unbekannte, sofern er es auf mich abgesehen hat, würde mich immer aufstöbern. Er braucht nur in der Nähe des Kriminalpolizeigebäudes zu warten bis ich heraus komme."

Der Chef überlegte eine Weile und schliesslich sah er ein, dass eine Versetzung in den Innendienst für mich einer Strafe gleich käme und dies wollte er nicht auf sich nehmen.

„Gut, machen sie weiter, aber passen sie auf sich auf" fügte er noch bei. Ich sah ihm an, dass er mich verstanden hatte und jetzt war es mir bedeutend wohler als auch schon. Nun konnte ich ihm den Fund aus meinem Briefkasten, den ich zum Spurenschutz in einem Kunststoffmäppchen abgelegt hatte, zeigen und ich klärte ihn sogar darüber auf, dass jemand versucht hatte, sich an meinem Wagen schaffen zu machen.

Tiefe Falten auf seiner Stirn liessen mich verstehen, dass ihm diese Situation absolut nicht behagte, doch angesichts meiner Entschlossenheit, meine normale Arbeit weiter zu machen, fügte er sich.

„Ich will, dass ihr Fall mit oberster Priorität behandelt wird und ich werde ihnen Alain Bayard zu 100% zur Seite stellen. Ihr beiden werdet keine anderen Fälle bearbeiten, bis wir herausgefunden haben, wer ihnen etwas antun will. Wenn nötig gebe ich ihnen noch Angela Wieser zur Verstärkung. Ich will, dass dieser Verrückte gefasst wird und dass die Anschläge auf sie aufhören." Mit diesen Worten entliess er mich aus seinem Büro.

Erleichtert ging ich an meinen Arbeitsplatz und begann, zusammen mit dem inzwischen ebenfalls eingetroffenen jungen Kollegen Alain, die Akten von unlängst entlassenen Häftlingen durch zu stöbern, welche ich damals bearbeitet hatte und welche jeweils zu längeren Gefängnisstrafen geführt hatten.

Es waren einige darunter die mir ihre Rache angedroht hatten. Allen voran Dieter Hammel. Dessen Frau hatte damals anlässlich eines Kuraufenthaltes einen Masseur kennen gelernt und sich in diesen verliebt. Sie gestand ihr Verhältnis ihrem Mann und dieser setzte alles daran, den Nebenbuhler ausfindig zu machen. Als ihm das schliesslich gelungen war, hat er ihn gekidnappt und in eine Waldhütte verbracht und ihn auf brutalste Weise ermordet. Als ob nichts geschehen wäre, begab er sich anschliessend nach Hause wo er noch in derselben Nacht seine Frau, während sie schlief, mit einem Küchenmesser erstach. Daraufhin flüchtete er und verliess die Schweiz. Später konnte er in der Nähe von Brüssel in einem Hotel aufgespürt und durch die belgische Polizei verhaftet werden. Da ich als Hauptermittler in diesen Fall involviert war, sah Dieter Hammel mich als seinen Feind an, der dafür verantwortlich war, dass er eine lange Haftstrafe absitzen musste. Noch im Gerichtssaal schwor er mir Rache wenn er in einigen Jahren entlassen würde. Vor knapp zwei Monaten war es soweit. Dieter Hammel wurde nach Absitzen von zwei Dritteln seiner Strafe, wegen guter Führung entlassen.

Dieter Hammel war aber nicht der einzige der eine solche oder ähnliche Vergangenheit hinter sich wusste. Es gab da noch einen gewissen Ivan Isolovic, der ebenfalls wegen Mordes und des mehrfachen Mordversuches angeklagt worden war, nachdem er bei einem Tankstellenüberfall den Betreiber erschossen hatte und zudem noch zwei Kunden durch je einen Schuss schwer verletzt hatte. Als er danach den Shop verliess, kehrte er nochmals zurück und schoss dem Betreiber, als dieser bereits am Boden lag, aus nächster Nähe in den Kopf. Damit hatte er ihn regelrecht hingerichtet. Er gab zwar zu, auf diesen Mann geschossen zu haben, aber er bestritt vehement, ihm anschliessend noch in den Kopf geschossen zu haben. Es gelang mir, die Mitglieder des damals noch existierenden Geschworenengerichtes zu überzeugen, dass meine Behauptung durchaus fundiert war und dass sie auch beweiskräftig nachvollzogen werden konnte. Dieser letzte Schuss hat schliesslich dazu geführt, dass Isolovic des Mordes und nicht nur der vorsätzlichen Tötung angeklagt wurde, was unter dem Strich heisst, die Strafe wird um einige Jahre höher angesetzt. Das hat mir Isolovic nie verziehen und er hat mir schon in meinem Büro Rache geschworen, sollte er meinetwegen des Mordes angeklagt werden.

Nicht zu vergessen, Beat Strocker, der eigentlich rechtschaffende Mann, der bis dahin der Polizei noch nie aufgefallen war. Er fürchtete sich vor dem älter werden und versuchte es einmal mit Ecstasy um noch zu den Jungen zu gehören. Daraufhin begab er sich in eine Disco wo er Streit mit dem Türsteher bekam und diesen schliesslich mit einem Messer niederstach, sodass er an den Verletzungen starb. Den Clubbesitzer, welcher logischerweise dazu eilte, hat er ebenfalls angegriffen mit seinem Messer und hat ihn lebensgefährlich an der Lunge verletzt. Er hat seinen Fehler nie bei sich gesucht und hat mich ebenfalls noch im Gerichtsaal bedroht. Sein psychiatrisches Gutachten fiel für ihn verheerend aus und beschrieb seine Gefährlichkeit in allen Schattierungen. Umso verwunderter war ich, als ich von seiner frühzeitigen Entlassung hörte. Bedenken seitens der Polizei, blieben ungehört und er wurde auf freien Fuss gesetzt. Von all denen die mir Rache geschworen hatten, waren diese drei am tatverdächtigsten, da alle innerhalb der letzten vier Monate entlassen worden waren.

*

„Jetzt halt dich fest" sprach René Harm, als er kurz vor Mittag unser Büro betrat. „Was glaubst du, was ich herausgefunden habe?"
„Keine Ahnung, aber du wirst es mir sicher gleich sagen" antwortete ich. „Nun, rede schon und mach es nicht so spannend!"
Du wirst es wohl kaum glauben, aber das Projektil im Körper von Karl Hirschler stammt aus demselben Gewehr wie die Kugeln welche auf dich abgefeuert worden sind!
„Bist du dir da ganz sicher oder ist es nur dieselbe Munition?"
„Du kennst mich. Würde ich vielleicht so etwas sagen, wenn ich nicht hundertprozentig sicher wäre?" sagte er mit einem beinahe beleidigten Unterton.
„Und, was schliessen wir daraus?" Fragte ich ohne eigentlich eine Antwort zu erwarten.
Die Sache wurde mir immer unheimlicher. Allerdings versuchte ich mich nach wie vor zu beruhigen. Es bestand ja immer noch die Möglichkeit, dass es sich um einen Verrückten handelt der wahllos auf Menschen schiesst,

doch schien mir diese Variante doch je länger je weniger plausibel.

Der Kreis der Verdächtigten liess sich nun hingegen eher einkreisen. Wir mussten davon ausgehen, dass der Anschlag auf meine Person und die Tötung an Karl Hirschler in Zusammenhang gebracht werden konnten. Ich fragte mich deshalb, hatte Karl Hirschler mit der Verurteilung von Dieter Hammel, Ivan Isolovic und Beat Strocker etwas zu tun?

In einem vorerst flüchtigen Aktenstudium war es nicht möglich, Karl Hirschler mit einem der drei Verurteilten in Zusammenhang zu bringen. Aus verständlichen Gründen wird ein Hinweisgeber wenn immer möglich nicht erwähnt in einem Bericht. Es zeigte sich deshalb an, alles genauestens durchzuarbeiten um eventuell zwischen den Zeilen einen Hinweis zu finden der auf Karl Hirschler deuten könnte. Da stand uns noch eine grosse Sisyphusarbeit bevor.

*

So machten wir uns nach dem Mittagessen also an das Aktenstudium. Alain durchforschte den Fall Hammel, während ich mich den Akten Strocker zuwandte. Stumm vertieften wir uns in die Aktenberge.

„Ich glaube, ich habe da etwas gefunden", machte Alain sich nach ca. einer halben Stunde bemerkbar. Hier steht, „...*aufgrund eines Hinweises von einem nicht genannt sein wollenden Kollegen des Gesuchten, konnten wir dessen Mobil-Nummer ausfindig machen.*"
Langsam fiel es mir wie Schuppen von den Augen. Je mehr ich mich in diesen Fall vertiefte, desto exakter kamen die Erinnerungen zurück. Ich konnte mich daran erinnern, wie wir damals auf den Täter gekommen waren. Er floh nach der Tat und, da er wusste, dass sein Handy von der Polizei geortet werden konnte, warf er dieses bei Andelfingen in die Thur. Dann setzte er seine Flucht fort. Durch den Hinweis von Karl Hirschler, der ein enger Kollege des Täters war, konnten wir seine neu erworbene Handy Nummer erfahren und auswerten. Diese Auswertung brachte zu Tage, dass sich der Gesuchte in Belgien befinden musste. Via Interpol baute ich den Kontakt zur belgischen Polizei auf und durch die Mithilfe derer, konnte Dieter Hammel schon wenige Tage später in einem Hotel in Loewen, unweit von Brüssel, verhaftet werden. Vier Wochen später flog ich zusammen mit Marcel Bänziger nach Belgien, wo ich den Arretierten in Empfang

nehmen und in die Schweiz überführen konnte. Wenn ich mich richtig erinnere, war dies übrigens der erste Hinweis, den wir von Karl Hirschler bekommen hatten. Erst mit diesem Fall begann seine Tätigkeit als Informant.

*

Mit dieser Einsicht erklomm Dieter Hammel die oberste Stufe unserer Verdächtigen. Alles passte auf ihn. Er wurde damals, des Mordes schuldig gesprochen und mit 19 Jahren Haft belegt. Nach Anrechnung der U-Haft und dem Erlass eines Teils seiner Strafe wegen guter Führung, wurde er schliesslich nach knapp 12 Jahren aus der Haft entlassen. Das war vor genau zwei Monaten. Alles passte. Für mich gab es keine Zweifel, dass Dieter Hammel versucht hatte, sich an mir zu rächen und dass er auch seinen damaligen Freund, Karl Hirschler, der in seinen Augen zum Verräter geworden war, auf ganz hinterlistige und fiese Art ermordet hatte. Nun sah die Sachlage schon bedeutend besser aus und die Aussicht, einen Hausdurchsuchungs- und einen Haftbefehl für Dieter Hammel zu bekommen rückte deutlich näher.

Ich besprach mit meinem Chef die Sachlage und auch er war von der Schuld von Dieter Hammel überzeugt. So griff ich zum Telefonhörer und wollte den zuständigen Staatsanwalt anrufen. Ich legte den Hörer aber wieder auf, bevor ich die Nummer eingestellt hatte. Noch einmal eröffnete ich meinem Chef meine Gedanken.

„Ich kenne diesen Staatsanwalt Alois Kaderli noch nicht richtig", erklärte ich meinem Chef. „Ich möchte schliesslich sicher sein, dass er wirklich einen Haftbefehl ausstellt. Deshalb schlage ich vor, Dieter Hammel zuerst noch zwei, drei Tage zu überwachen und zwar rund um die Uhr. Vielleicht hat er es ja noch auf andere Personen abgesehen welche in seinen Augen schuld daran sind, dass er im Gefängnis sitzen musste. Dann könnten wir ihn entweder in flagranti erwischen oder wir können es immer noch so wie besprochen durchziehen".

„Ja, da ist etwas dran" gab mir mein Chef recht. „Machen wir es so wie sie sagen. Ich werde dafür sorgen, dass die Observationsgruppe ein Team zur Verfügung stellt für, sagen wir mal, drei Tage. Dann sehen wir weiter."

„Das ist sehr gut so", erwiderte ich. Innerlich dachte ich, wie hat sich doch mein Chef geändert seit er seinen Dienst hier angetreten hat. Wenn man bedenkt, wie er gleich am Anfang alles auf den Kopf stellen wollte? (Siehe Band 2: „Wellen am ruhigen Seeufer") Inzwischen hat er wohl gemerkt, dass wir alles sehr erfahrene und selbständige Personen sind, die hier in dieser Abteilung ihren Dienst verrichten. Nicht umsonst spricht man im ganzen Polizeikorps vom „Filetstück" der Zürcher Polizei. Natürlich gibt es auch immer solche die uns neidisch sind und versuchen den Korpsgeist gegen uns zu beeinflussen. Man darf nicht vergessen, dass es unzählige Polizisten gibt die sich jeweils auf eine frei werdende Stelle bei uns bewerben, aber aus irgendwelchen Gründen nicht berücksichtigt werden.

Kurz vor meinem offiziellen Feierabend, klopfte es an unsere Bürotür. Ohne ein „Herein" abzuwarten wurde die Tür geöffnet und Niklaus Kraft betrat zusammen mit seinem Kollegen Kurt Consin unser Büro.

„Hallo Nicki, sieht man sich auch wieder einmal"! Begrüsste ich meinen Kollegen. „Ich nehme mal an, dass du einen Auftrag bekommen hast den du für mich erledigen solltest? Stimmt's?"

„Genau, und wie immer, kurz vor Feierabend" fügte er an. Er war sich solche Aufträge aber gewohnt, denn seine Arbeit bestand darin, Leute zu observieren und diese hielten sich selten an Bürozeiten. Wenn jemand ein geregeltes Familienleben sucht, dann ist er in diesem Team definitiv am falschen Platz.

„Kommt, setzt euch erst mal hin. Möchtet ihr einen Kaffee"? fragte ich die beiden, was sie gerne annahmen. Nachdem ich beiden einen starken Espresso vor die Nase gestellt hatte, begann ich meine Ausführungen. Ich klärte die beiden über ihren genauen Auftrag auf. Ich legte alles was ich über den zu beschattenden Dieter Hammel wusste, auf den Tisch. Nach ca. einer Viertelstunde verliessen die beiden unser Büro.

„Ich gehe davon aus, dass wir diesen Dieter Hammel, falls er zuhause ist, ab ca. 18:00 Uhr unter Beobachtung haben werden", erklärte mir Niklaus Kraft als wir uns verabschiedeten. Damit war ich mehr als zufrieden, denn ich wusste, dass die Überwachung unseres Verdächtigen in besten Händen war. Letzterer würde sich schon bald nicht mehr bewegen können, ohne dass ich über jeden seiner Schritte informiert sein würde.

Vorläufig konnten Alain und ich nichts tun und so beschlossen wir, nach Hause zu gehen. Ich rief meine Freundin, Karin, an und eröffnete ihr die freudige Überraschung, dass ich schon zum zweiten Mal in dieser Woche rechtzeitig Feierabend machen konnte. Wir beschlossen, dass ich sie um 18:30 Uhr abholen würde und wir dann irgendwohin fahren würden um eine Kleinigkeit zu essen und den Abend zusammen zu verbringen.

*

Pünktlich zur abgemachten Zeit fuhr ich mit meinem schnittigen Honda Civic auf den Parkplatz vor ihrer Wohnung. Sie schaute aus dem Küchenfenster, winkte mir zu und eine Minute später kam sie mir bereits entgegen.

„Hallo Schatz" begrüsste ich sie. „Hast du Hunger? Machst du einen Vorschlag wo wir hinfahren könnten?"

„Mir ist es egal", antwortete sie. „Hauptsache ist, dass wir einen gemütlichen und ruhigen Abend zusammen verbringen können".

„OK, dann schlage ich vor, dass wir wieder einmal auf den Pfannenstiel (Hügel in der Nähe von Zürich) fahren und dort etwas essen. Ist dir das recht?" fragte ich nach.

Ja, sicher, dort sind wir ein wenig ausserhalb des Stadtgetümmels und können hoffentlich den Abend geniessen. Mit dir weiss man das ja nie". Fügte sie noch schelmisch bei. Dabei entging mir jedoch nicht, dass sie sich Sorgen, wegen des Anschlages auf mich, machte. Sie war nicht so gelöst wie sonst. Ich hoffte, dass ich ihr Gemüt bei einem feinen Nachtessen und einem mundenden Glas Wein wieder gänzlich würde beruhigen können.

So fuhr ich über die Oberland-Autobahn bis Uster und von dort via Egg die schmale Bergstrasse hinauf zum beliebten Ausflugsrestaurant.

Auf dem Parkplatz war noch eine schmale Lücke frei, neben einem Hummer H2. Ich finde es ja toll, mit so einem Riesending herum zu fahren, aber bei den schmalen Platzverhältnissen wie wir sie in der Schweiz kennen, grenzt dies an einen reinen Blödsinn. Kein Mensch braucht hier bei uns auf den Strassen so ein Ungetüm, ganz abgesehen vom unersättlichen Durst das so ein Gefährt an den Tag legt. Nicht umsonst wird gemunkelt, dass man den Tank dieser Fahrzeuge gar nie vollkriegt, wenn man den Motor an der Tanksäule nicht abstellt! Wie auch immer, jedem das Seine und so machte ich mir keine weiteren Gedanken darüber. Ich konnte meinen kleinen Flitzer gerade noch daneben parken und mit etwas Verrenkungskünsten aussteigen. Karin liess ich schon aus dem Auto bevor ich in die schmale Lücke fuhr.

Wir betraten das Restaurant und fanden einen schönen Platz in der Ecke, direkt neben dem Fenster. Als der Kellner kam, bestellten wir beide ein Glas Prosecco als Aperitif und anschliessend wählte Karin eine Portion Eglifilets im Bier Teig mit Kartoffeln und ich als Fleischliebhaber wählte aus der umfangreichen Speisekarte, ein überbackenes Schweinssteak.

"Also,... wegen diesem Anschlag...", begann ich meine psychologische Aufmunterungsarbeit.

"Du brauchst darüber gar nichts zu sagen" unterbrach sie mich. Ich kenne dich, deine Einstellung zu solchen Themen und ich kenne deinen Beruf. Du wolltest mir ja sowieso sagen, alles halb so schlimm, ich werde den Typen schon finden. Wahrscheinlich hättest du es anders und schöner formuliert, aber der Inhalt wäre derselbe gewesen. Du musst mir einfach zugestehen, dass ich Angst haben darf um dich, aber deswegen wollen wir uns den Abend nicht vermiesen lassen. Ich hoffe einfach, dass du doppelt so vorsichtig bist wie sonst und auf dich aufpasst. Etwas anderes kann ich von dir weder erwarten, noch verlangen".

Was war sie doch für eine verständnisvolle Frau. Ich versprach ihr, punkto Vorsicht, mein Möglichstes zu tun. Damit war das Kapitel, von welchem ich ein wenig befürchtet hatte, es könnte zur Belastungsprobe für den heutigen Abend werden, abgeschlossen und wir konnten uns angenehmeren Themen widmen.

Beim Diskutieren über Gott und die Welt, verging die Zeit viel zu schnell. Nachdem wir unser Essen mit einem Kaffee abgeschlossen hatten, zeigten die Zeiger meiner Uhr schon beinahe 22:00 Uhr. Ich rief den Kellner um die Zeche zu bezahlen und dann verliessen wir das Lokal. Da Karin noch die Toilette aufsuchen wollte, ging ich schon mal nach draussen. Ich entschied mich dazu, mit dem Auto vorzufahren und sie beim Eingang abzuholen.

Ich sah, dass der grosse Geländewagen noch immer neben meinem Auto stand, und ich überlegte mir bereits, wie ich mich am besten auf den Fahrersitz schlängeln sollte. Mit der Fernbedienung öffnete ich die Türen und dabei geschah etwas das ich zuerst gar nicht richtig begriff. Ich wurde sicher drei Meter weit zurück geschleudert und landete auf meinem

Allerwertesten. Hinter dem gelben Hummer stieg eine Stichflamme gegen den Himmel und es ertönte ein unwahrscheinlicher Knall. Die Explosion was so stark, dass der schwere Geländewagen richtiggehend in die Höhe gehoben und zwei bis drei Meter nach rechts verschoben wurde, wobei er noch zwei weitere Autos mit sich riss und beschädigte. Wenn ich vorhin noch leise über diese immensen Fahrzeuge geschimpft hatte, so war ich jetzt dem Himmel dankbar, dass es solche Wagen gab. Wäre ein kleines Fahrzeug neben meinem gestanden, ich weiss nicht, was passiert wäre. Der Hummer hatte mir möglicherweise als Schild das Leben gerettet. Nie mehr werde ich mich abschätzig über solche Fahrzeuge äussern.

Langsam erhob ich mich vom sandigen Boden und instinktiv begann ich meine Hosen abzuwischen, als ob das jetzt das Wichtigste wäre.

Immer mehr Leute kamen rennend und lärmend aus dem Restaurant und alle fragten sich, was wohl geschehen sei. Jetzt erschien ein Mann der problemlos in Texas als Cowboy durchgegangen wäre. Er trug enge Jeans und Cowboystiefel. Dazu ein grob kariertes farbiges Hemd, und einen beigen Stetson Hut mit grossem Rand. Neben ihm war eine Frau mit langen blonden Haaren und engen weissen Jeans. Sie hatte ihre farbige Bluse vorne geknotet und liess einen Teil ihres unbedeckten, schlanken Körpers auf die Männerwelt wirken. Keine Frage; die beiden gehörten zum Hummer. Dem Möchtegern Cowboy standen die Tränen in den Augen als er sah, was mit seinem Schmuckstück geschehen war.

Vermutlich war es mein Beruf der mir half, möglichst bald wieder normal zu denken. Ich rief die Notrufnummer der Polizei und bestellte auch gleich die Feuerwehr, obwohl ich mir im Klaren war, dass diese viel zu spät kommen würde. Die schmale Bergstrasse und die schweren Einsatzfahrzeuge erlaubten kein rasches Einschreiten. Trotzdem musste die Feuerwehr gerufen werden, auch wenn es bei deren Eintreffen kaum mehr etwas zum Löschen geben würde.

Von hinten trat nun Karin an mich heran. Sie schmiegte sich an mich und ich sah, dass sie Tränen in den Augen hatte. Dieser Anschlag war für sie nun doch zu viel. Trotzdem, obwohl sie bestimmt den Wunsch hegte, sprach sie mit keinem Wort davon, dass ich mich zurückziehen, oder einige Tage Urlaub nehmen sollte, bis dieser Wahnsinnige geschnappt sein würde. Natürlich wusste sie die Situation einzuschätzen und war sich darüber im Klaren, dass ich nie freiwillig aufgeben würde.

Es dauerte ca. eine Viertelstunde, bis der erste Streifenwagen vor Ort eintraf. Zwei junge Kollegen stiegen aus und verschafften sich erst mal einen Überblick. Ich ging auf sie zu und wies mich aus. Die beiden waren noch ziemlich jung und sie kannten weder mich, noch ich sie.

Ohne irgendwelche Hintergründe bekannt zu geben erklärte ich den beiden, dass es sich um einen Anschlag auf das noch immer im Vollbrand stehende Fahrzeug handle. Ich bat die beiden, die Kripo und die gesamte Spurensicherung, inklusive unsere Sprengstoffexperten aufzubieten. Die beiden Wagen welche am Abend noch links von meinem gestanden hatten, waren glücklicherweise inzwischen weggefahren, noch bevor die Explosion stattfand. Rechts von meinem kleinen Honda Civic stand, wie schon erwähnt der Hummer und wiederum rechts von diesem, ein Mazda 6 und daneben ein Ford Focus. Die beiden Pw's waren zwar beschädigt und es fehlten einige Scheiben, aber vom Feuer hatten sie nichts abbekommen. Der Hummer hingegen begann nun Höhe Fahrertür ebenfalls zu brennen. Glücklicherweise sind die Streifenwagen mit Feuerlöschern ausgerüstet, sodass der Brand im Keime erstickt werden konnte. Die Fensterscheiben waren allerdings nicht mehr zu retten. Diese waren schlicht nicht mehr vorhanden. Durch die Wucht der Explosion wurde der Hummer genügend weit von meinem Civic weg geschoben, sodass kein weiteres Übergreifen der Flammen mehr befürchtet werden musste.

Wie nicht anders zu erwarten, erschien die Feuerwehr ca. eine halbe Stunde später am Tatort. Von meinem hübschen Wägelchen war inzwischen nur noch ein schwarzer Haufen Blech und Eisen vorhanden. Noch stieg Rauch aus dessen Trümmern, was die eifrigen Feuerwehrleute dazu veranlasste, sich dem schwarzen Haufen mit grossen Schaumlöschern zu nähern. Es gelang mir nur mühsam, sie von ihrem Vorhaben abzubringen.

„Das Feuer ist vorbei und es wird nichts mehr passieren" sagte ich indem ich mich einem Feuerwehrmann in den Weg stellte und mich auswies. Alles was sie jetzt noch machen können, sind mögliche Spuren verwischen. Ich bitte euch, der Wagen ist explodiert und ausgebrannt. Jetzt wo nur noch ein wenig Rauch aus den Trümmern steigt, geht sicher keine Gefahr mehr von ihm aus.

Das musste auch der Kommandant der Truppe einsehen, auch wenn man ihm ansah, dass er es nicht gewohnt war, irgendwelche Befehle entgegen zu nehmen, sondern im Gegenteil, normalerweise auf dem Platz stand, von wo die Befehle ausgingen. Trotzdem liess er sich besänftigen und rief im gewohnten Befehlston seinen Leuten zu: „Halt! Nicht mehr weiter vorgehen, es handelt sich hier offensichtlich um einen Anschlag und die Gefahr ist gebannt. Ich will nicht, dass ihr unnötig irgendwelche Spuren verwischt!" Er gab diesen Befehl in einem so selbstsicheren Ton, als sei diese Einsicht auf „seinem Mist" gewachsen. Mir sollte das egal sein. Wichtig für mich war, dass die sowieso nur spärlich vorhandenen Spuren nicht auch noch vernichtet wurden.

*

Es dauerte nicht mehr lange, da fuhr ein weisser Lieferwagen mit einem aufgesetzten Blaulicht auf den Platz. Ich kannte natürlich den Wagen. Es handelte sich um eines der

Ausrückfahrzeuge der Spurensicherung. „Was ist denn hier passiert"? fragte mich Bernd Möhrli, kaum hatte er das Fahrzeug verlassen. Er war in Begleitung von Ernst Beuler.

„Was soll ich sagen? Ich weiss es ja selbst nicht. Als ich meinen Wagen mittels Fernbedienung öffnen wollte, gab es einen Knall und das Ganze flog in die Luft". Klärte ich ihn auf.

„Wir werden die Situation fotografisch festhalten. Eine genaue Spurensicherung machen wir dann in unseren Räumen. Hier hat es keinen Zweck. Allerdings warte ich noch auf Peter Schlager. Er als Sprengstoff-Spezialist soll sagen wie wir weiter vorgehen sollen, denn so wie ich die Sachlage beurteile, handelt es sich nicht um einen Fahrzeugdefekt, sondern ohne Zweifel um einen Sprengstoffanschlag."

Kaum hatte er den Satz fertig gesprochen, bog auch schon ein silbergrauer Opel Astra mit rotierendem Blaulicht auf dem Dach, auf den Parkplatz ein. Diesem entstieg der erwartete Sprengstoff-Spezialist Peter Schlager, den ich nur vom Sehen kannte. Glücklicherweise haben wir es hier in der Schweiz ja nicht täglich mit Sprengstoffanschlägen zu tun.

Obwohl offensichtlich niemand etwas Verdächtiges beobachtet hatte, wurden die Personalien der Anwesenden aufgeschrieben und möglicherweise später noch kontaktiert. Ein Abschleppdienst wurde durch Bernd Möhrli aufgeboten und die traurigen Überreste meines geliebten Honda Civic wurden aufgeladen und nach Zürich verbracht.

Die beiden jungen Kollegen welche als erste mit dem Streifenwagen vor Ort waren, brachten Karin und mich nach Zürich. Wir brauchten erst mal ein paar Stunden Schlaf um über das Erlebte hinweg zu kommen.

*

Am nächsten Morgen wollte ich die Neuigkeit meinem Chef erzählen, doch war er, wie nicht anders zu erwarten, bereits orientiert.

„Ich wurde über den Vorfall noch in der Nacht durch die Einsatzzentrale verständigt. Das wird ja immer schlimmer mit den Anschlägen auf sie. Wollen sie nicht doch in den Innendienst treten für kurze Zeit, wenigstens bis der Wahnsinnige gefasst ist? Sie müssen mir wohl recht geben, dass es eine reine Glückssache ist, dass sie bisher noch nicht getroffen wurden, oder?"

„Ja, das stimmt schon", antwortete ich. „Trotzdem, was nützt es, wenn ich mich in einem Büro verstecke, wenn der Kerl mich an Abend im Ausgang zu exekutieren versucht? Das Ganze hat sich ja in meiner Freizeit abgespielt".

„Da haben sie auch wieder recht gab er kleinlaut zu. „Wie wäre es denn, wenn sie sich ein paar Tage Ferien nehmen würden"?

„Tut mir leid Chef, auch das kann ich nicht. Ich habe meine Ferien schon geplant und gebucht. Ich werde mit meiner Freundin nach Kanada reisen, wo wir uns ein Wohnmobil reserviert haben. Das Ganze findet aber erst im September statt. Es ist schon alles gebucht und bezahlt. Ich kann das unmöglich verschieben."

„Wie sieht es denn aus mit Dieter Hammel? Haben sie schon etwas gehört von Niklaus Kraft und seinem Team"?

„Nein, ich werde ihn jetzt dann gleich als erstes anrufen". Mit diesen Worten verabschiedete ich mich aus seinem Büro.

*

Inzwischen war auch Alain eingetroffen und sass an seinem Schreibtisch. Ich erzählte ihm

65

vom gestrigen Vorfall mit dem weiteren Anschlag auf mich.

„Willst du dir nicht trotzdem überlegen, ob du den Vorschlag des Chefs betreffend Innendienst annehmen solltest"? Fragte er mich in ängstlichem Ton.

„Stopp"! Rief ich gebieterisch. „Ich will davon nichts mehr hören! Haben wir uns verstanden"?

„Ist ja schon OK, ich meine es ja nur gut mit dir" fügte er an.

Ich nahm den Telefonhörer in die Hand und wählte die Handynummer von Niklaus Kraft. Nach wenigen Signaltönen vernahm ich seine Stimme. „Hallo Nicki", begrüsste ich ihn. „Wie sieht es aus?"

„Wir waren kurz nach 18:00 Uhr vor dem Haus von Dieter Hammel. Das Haus war leicht zu beobachten, denn es hat nur einen Ausgang und so konnten wir von einer Stelle aus alles überwachen. Offensichtlich war er am Abend nicht zuhause. Erst 22:20 Uhr kam ein Auto angefahren. Diesem entstieg unsere Zielperson und der Lenker fuhr mit dem Auto weiter. Es handelte sich um einen alten schwarzen Renault Mégane mit Zürcher Schildern. Er ist auf einen gewissen Eduard Digger eingelöst. Gemäss unseren Registern ein Mann der noch nie aufgefallen ist. Es sind keinerlei Akten über ihn vorhanden. Er ist Elektroniker und besitzt einen kleinen Laden an der Zürcherstrasse in Dietikon. Sein Wohnort liegt unweit davon, an der Schöneggstrasse, ebenfalls in Dietikon. Das ist alles was ich dir sagen kann. Etwas Spannenderes gibt es leider nicht".

„Danke, ich hatte Spannung genug letzte Nacht." Klärte ich ihn auf.

Wieso denn das? Hat man schon wieder auf dich geschossen"? Fügte er mit einem witzigen Unterton an.

„Nein, aber mein Auto ist mir um die Ohren geflogen. Jemand hat es mit einem Sprengsatz bestückt.

„Whow! Die scheinen aber aufs Ganze zu gehen", fügte er erstaunt an. „Und, ist das Auto richtig gehend explodiert oder hält sich der Schaden ihn Grenzen?"

„Vom Wagen ist nur noch ein Haufen ausgebranntes Blech vorhanden. Er steht, oder soll ich besser sagen er liegt, zurzeit bei der Spurensicherung. Das Ganze fand ungefähr zur gleichen Zeit statt, wie Dieter Hammel nach Hause kam. So wie es aussieht, hat er den Sprengsatz platziert und ist dann, ohne die Wirkung abzuwarten, nach Hause gefahren. Bleibt mal an ihm dran und wir werden uns gegenseitig auf dem Laufenden halten wenn sich etwas tut." Mit diesen Worten verabschiedete ich mich von ihm.

Alain sah mich mit besorgter Miene an. „Was gedenkst du jetzt zu tun? Fragte er mich.

„Das weiss ich auch noch nicht" gab ich ehrlich zu. „Ich kann es nicht verstehen", führte ich meine Gedanken weiter aus, „aber irgendwie bin ich mir sicher, dass mir niemand gefolgt ist, als ich mit Karin auf den Pfannenstiel fuhr. Die Strasse ist ja nicht sehr fleissig befahren und hinter mir habe ich nirgends ein Auto gesehen. Du kannst mir glauben, dass ich mindestens doppelt so oft in den Rückspiegel geguckt habe wie normal. Mich lässt ja die ganze Sache auch nicht einfach kalt".

Ich hatte den Satz noch nicht beendet, als mein Telefon sich bemerkbar machte. „Buck, Mordkommission" meldete ich mich.

„Hallo Franz, ich bin's, Bernd" meldete sich Bernd Möhrli. „Komm doch bitte schnell mal in den Keller zur Auto-Spurensicherung ich habe etwas Interessantes für dich."

„Bin schon unterwegs", gab ich ihm zur Antwort und machte mich sofort auf den Weg. Alain folgte mir auf Schritt und Tritt.

Mit dem Lift fuhren wir ins erste UG, wo sich der Spurensicherungsraum für Fahrzeuge befindet. Der Raum bietet genügend Platz auch für einen grossen Wagen mit offenen Türen. An den Wänden, der Decke und sogar auf Fusshöhe an der Wand, befinden sich mehrere Neonröhren, welche das Auto aus allen Winkeln beleuchten, ohne dass sich Schatten bildet. Nebst Bernd Möhrli waren noch zwei weitere „Spurensicherer" damit beschäftigt, meinen Wagen, bzw. den Rest was davon übrig blieb, genauestens zu untersuchen. Bernd Möhrli zeigte mir eine Art Kästchen, das er in seiner Hand hielt. Es war verrusst und schaute aus wie eine kleine Fernbedienung, mit dem Unterschied, dass ein paar Kabel davon ausgingen. „Weisst du was das ist"? Fragte er mich.

„Nein, wie sollte ich? Irgendein elektronisches Teil aus meinem Wagen wahrscheinlich oder"?

„Das ist ein Peilsender", klärte er mich auf.

„Den haben wir im Innern des linken, vorderen Kotflügels gefunden. Sagt dir das etwas"?

Bei diesen Worten ging mir ein Licht, nein besser gesagt, ein Scheinwerfer im Kopf auf!

„Ja, das sagt mir wirklich etwas" gab ich ihm zu verstehen. „Ich habe vor einigen Tagen jemanden gesehen, der sich gebückt beim vorderen Wagenrad an meinem Auto zu schaffen machte. Ich dachte mir. Er wolle mir die Luft auslassen oder die Radmuttern lösen. Nun ist mir allerdings vieles klar. Der Typ hat einen Peilsender angebracht und konnte so in Ruhe sehen, wo ich mich aufhielt. So war es für ihn nicht schwierig, mir auf den Pfannenstiel zu folgen. Er konnte sich ja denken, dass ich nicht in fünf Minuten wieder herauskommen würde und hatte genügend Zeit, an meinem Auto die Bombe anzubringen".

„Wie kommt man an so einen Peilsender"? Wollte ich nach kurzem Nachdenken von Bernd wissen.

„Auf legalem Weg kommt nur die Polizei und vermutlich das Militär an solche Sender. Was sich aber alles über das Internet bestellen lässt, kennst du ja selbst zur Genüge". Gab er mir zur Antwort.

„Ja, natürlich", fügte ich an, „und eine Anleitung zum Bombenbasteln ist ebenfalls dort zu finden. Diese Entwicklung erleichtert uns die künftige Arbeit wirklich nicht. Im Gegenteil, es macht einem beinahe Angst wenn man weiss, dass jeder Schulbube sich bald seine persönliche Bombe basteln kann."

Gedankenversunken entfernte ich mich vom Spurensicherungsraum und liess die drei ihre Arbeit weiterführen.

Zurück im Büro waren, sowohl Alain als auch ich, ziemlich perplex und wir sassen uns sicher fünf Minuten wortlos gegenüber. Jeder hing seinen Gedanken nach.

„Wenn ich denke", durchbrach ich die Stille, „wie der Typ der den Peilsender angebracht hat, geflüchtet ist, dann passt das irgendwie nicht zu Dieter Hammel. Ich kann mir nicht vorstellen, dass dieser Verbrecher fit genug ist, mich so abzuschütteln. OK, der morgendliche Verkehr hat ihm bei seiner Flucht geholfen, aber trotzdem. Der Kerl hatte einen grauen Kapuzenpullover wie er oft von Jungen getragen wird, obwohl es ja am Morgen schon ziemlich warm war. Es ist für mich natürlich sehr schwierig, da ich den Mann nicht von vorne gesehen habe, aber ich würde den Mann höchstens vierzig Jahre alt und sehr sportlich schätzen. Dieter Hammel ist doch schon über fünfzig und seinen Körper als sportlich zu bezeichnen wäre wohl auch etwas daneben. Es sei denn, er hätte im Knast jeden Tag profimässig trainiert, was ja möglich wäre. Zeit genug hatte er ja".

Ich erhob mich von meinem Bürostuhl, schnappte mir meinen Veston und rief Alain zu: „Komm, brauchst du nicht zufällig etwas von einem Elektrogeschäft? Wir wollen diesem Eduard Digger mal einen Besuch abstatten". Wir informierten noch schnell unseren Chef und begaben uns dann ins UG wo wir aus unserem Fahrzeugpark einen Wagen behändigten.

*

Alain setzte sich ans Lenkrad und wir fuhren via Badenerstrasse in Richtung Dietikon. Der Morgenverkehr liess uns nur zähflüssig vorankommen. Nach einer knappen halben Stunde hatten wir die Zürcherstrasse in Dietikon erreicht und auf Anhieb fanden wir das gesuchte kleine Elektrogeschäft.

„E. Digger Elektro" stand in grossen blauen Buchstaben über der Eingangstüre. Rechts und links davon waren zwei Schaufenster angebracht in denen verschiedenste Elektroteile ausgestellt waren. Die Palette reichte von Mobiltelefonen über CB-Funk, bis zu Fernbedienungen und dazugehörenden Flugzeugen und Autos. Daneben lagen aber auch verschiedene Bauteile für irgendwelche Elektro-Bastler.

Es war kurz nach zehn Uhr und wir waren die einzigen Kunden im kleinen Geschäft. Ein Mann mittleren Alters befand sich hinter der Verkaufstheke auf der linken Seite. Er hatte leicht angegrautes Haar welches peinlichst genau nach hinten gekämmt war. Auch wenn er eine Berufsschürze trug die bis oberhalb seiner Knien reichte, konnte man seine Figur durchaus als sehr sportlich bezeichnen. Als er uns erblickte, kam er sofort auf uns zu. „Meine Herren, was kann ich für sie tun"? begrüsste er uns.

Jetzt konnten wir feststellen, dass der Mann zwar sportlich aussah, dass er aber offensichtlich ein Problem hatte mit seinem linken Fuss, denn sein Gang war deutlich hinkend.

„Ich interessiere mich für einen Peilsender", fuhr ich gleich mit der Türe ins Haus. „Einen Peilsender"? Fragte er ungläubig.

„Ja, sie haben mich richtig verstanden. Führen sie so etwas in ihrem Sortiment"? fragte ich provokativ.

„Nein, sicher nicht", ereiferte er sich. „Das ist doch illegal. Das könnte mich meine Lizenz kosten."

„Wie teuer ist denn so etwas ungefähr"? Versuchte ich ihn in ein Gespräch zu verwickeln.

„Das weiss ich nicht. Ich sagte ihnen doch schon, dass ich nichts solches in meinem Angebot führe".

„Kennen sie einen gewissen Dieter Hammel"? Fragte ich, um das Gespräch nicht erkalten zu lassen.

„Warum wollen sie das wissen? Sind sie von der Polizei oder was"? wurde er langsam unruhig.

Jetzt wies ich mich aus. „Buck ist mein Name und das ist mein Kollege Bayard. Wir sind von der Mordkommission" klärte ich ihn auf.

„Was? Von der Mordkommission? Was soll das? Habe ich jemanden umgebracht"? Er schien irgendwie nervös und immer unsicherer zu werden.

„Regen sie sich nicht auf, wir wollen ihnen nur ein paar Fragen stellen." Versuchte ich ihn zu beruhigen. „Nochmals: Kennen sie einen Dieter Hammel"?

Er überlegte ca. eine halbe Minute, ehe er sich entschied, die Wahrheit zu sagen. Vermutlich dachte er dass wir sowieso mehr wissen als wir sagen und er würde mit Lügen nur in grössere

Schwierigkeiten stolpern. Jedenfalls hörte es sich sehr zaghaft an, als er sagte:

„Ja, den kenne ich schon seit meiner Schulzeit. Wir gingen miteinander in die Primarschule".

„Haben sie heute noch Kontakt zu ihm"? fuhr ich mit meiner Befragung fort.

„Bis vor einigen Monaten sass er ja im Knast und während dieser Zeit habe ich absolut nichts von ihm gehört, weder einen Brief noch sonst etwas. Dann stand er plötzlich vor meiner Tür, als wäre nichts geschehen".

„Und vor dieser Zeit, hatten sie regelässig Kontakt mit ihm"? wollte ich weiter wissen.

„Ja, wir waren gute Kollegen, wir sind oft miteinander ausgegangen, bis er dann diesen Scheiss gebaut hat und in den Knast musste. Was ist, ist er getürmt? Mir hat er gesagt, dass er wegen guter Führung frühzeitig entlassen worden sei. Stimmt das etwa nicht"? fragte er beängstigt.

„Doch, doch, das ist schon OK. Wann haben sie ihn denn zum letzten Mal gesehen"? fügte ich noch an.

„Noch gestern Abend waren wir zusammen im Ausgang" erklärte er ohne zu zögern.

„Darf ich wissen, wo sie zusammen waren und von wann bis wann"?

„Er kam um ca. 18:00 Uhr bei mir vorbei und dann sind wir mit meinem Auto weggefahren. Wir haben im Urania Parkhaus parkiert und sind dann zu Fuss zum Zeughauskeller gegangen wo wir etwas gegessen haben. Anschliessend haben wir noch einen Schlummertrunk im Johanniter im Niederdorf zu uns genommen und dann habe ich ihn zu seiner Wohnung gebracht. Das ist alles was ich sagen kann."

„Wie spät war es, als sie ihn vor seiner Wohnung aussteigen liessen"?

„Das dürfte so ca. um 22:00 Uhr, eventuell ein wenig später gewesen sein. Ich habe nicht auf die Uhr geschaut".

Noch eine letzte Frage, sagte ich: „Wann haben sie zum letzten Mal einen Peilsender verkauft"? Blieb ich hartnäckig.

„Was soll diese Frage nun schon wieder? Ich habe in meinem ganzen Leben noch nie einen Peilsender verkauft. Ob sie mir das nun glauben oder nicht", antwortete er fast ein wenig beleidigt.

„Vielen Dank, sie haben uns sehr geholfen." Mit diesen Worten verliessen wir den kleinen Elektroladen.

„Glaubst du ihm die Geschichte?" Fragte mich Alain kaum hatten wir den Laden verlassen.

„Kann sein, dass er die Wahrheit sagt, aber wir werden seine Aussage überprüfen", antwortete ich ihm.

„Und, wie bitte willst du das machen? Weisst du wie viele Gäste im Zeughauskeller jeden Abend etwas essen? Glaubst du das Personal dort kann sich an jeden einzelnen Gast erinnern? Ganz zu schweigen vom Johanniter, da ist abends ein riesen Gedränge."

„Na und"? Gab ich von mir. Jetzt sah mich Alain ungläubig an. Es schien als zweifle er an meinem Verstand.

"Willst du nur eine Alibiübung veranstalten die von vornherein zum Scheitern verurteilt ist? Glaubst du nicht, dass wir schon so genügend Arbeit haben und uns nicht mit Befragungen die Zeit tot zu schlagen brauchen, nur um sagen zu können; das und jenes haben wir gemacht, leider ohne Erfolg."

Noch nie bisher hat sich Alain so ereifert. Auf den Stockzähnen konnte ich ein Lächeln nicht verkneifen. Keine Frage, der junge Kollege wird langsam zum reifen Ermittler der seine eigene Meinung hat und sie auch allmählich zu sagen wagt.

Ich meinerseits amüsierte mich über seinen Tatendrang und ich liess ihn bewusst noch ein wenig zappeln.

"Gut" sagte ich, "wenn du das Alibi dieses Hinkebeines nicht überprüfen willst, dann mache ich es halt selbst."

Wahrscheinlich merkte er jetzt, dass er mir zum ersten Mal widersprochen hatte und es war ihm offensichtlich peinlich. Schliesslich wollte er ja die gegenseitige Kollegialität nicht stören und er sagte dann fast entschuldigend: "Wenn du darauf bestehst, werde ich natürlich das Personal der beiden Lokale befragen aber..." fügte er noch an, "...ich persönlich verspreche mir nichts davon."

Nun schien es Zeit, ihn in meine Gedankengänge einzuweihen.

"Habe ich jemals etwas gesagt von einer Befragung des Personals der beiden Lokale? Ich habe nur gesagt, dass ich das Alibi überprüfen werde."

Jetzt schien mein Kollege überhaupt nichts mehr zu verstehen.

"Ja eben! Wie bitte willst du das Alibi überprüfen ohne jemanden zu fragen? Kannst du mir das vielleicht auch noch verraten?" Ereiferte er sich noch immer.

"Wir wissen doch die ungefähre Uhrzeit als die beiden ins Parkhaus Urania gefahren sind, oder"?

Ja schon, aber das bringt uns auch nicht weiter" fügte er an.

"Ich habe gehört, die dortige Überwachungskamera sei unbestechlich" scherzte ich, um ihn wieder aufzumuntern.

„Ja, natürlich! Daran habe ich nicht gedacht. Ich wusste doch, dass sich in deinem Kopf keine so idiotischen Gedanken tummeln. Warum nur, bin ich nicht selbst darauf gekommen? Soll ich mich darum kümmern"? Fragte er interessiert.

„Ja, mach das. Ich wäre dir sehr dankbar." Inzwischen hatten wir unser Auto erreicht und fuhren zurück in unsere Dienststelle.

*

Als wir unser Büro betraten, klingelte das Telefon. Sofort hob ich ab "Buck, Mordkommission" meldete ich mich förmlich. "Da will dich jemand vom Swissôtel in Oerlikon sprechen" meldete mir die Telefonistin und verband mich mit dem Anrufer. Erneut leierte ich meinen Namen und die Funktion in den Hörer.

"Kluge ist mein Name" stellte sich mir mein Gesprächspartner auf Hochdeutsch vor. "Ich bin im Management des Swissôtels in Oerlikon tätig. Vor ca. einer halben Stunde hat mir eine

Frau vom Reinigungsdienst eine Patronenhülse gebracht, welche sie unter dem Bett in einem Zimmer gefunden hat. Ich dachte, das interessiert sie, da ja kürzlich dieser tragische Mord am Marktplatz passiert ist und sie die Gästeliste unseres Hauses verlangt haben."

"Und ob mich das interessiert!" antwortete ich dem Mann. "Ich komme umgehend bei ihnen vorbei und hole die Hülse ab. Vielen Dank." Dabei legte ich den Hörer auf den Apparat zurück und machte mich sofort auf, nach Oerlikon.

Alain, der die Worte des Managers nicht gehört hatte und nur meine Antworten kannte, schaute mich mit grossen Augen an. Sofort sprang auch er auf und folgte mir. Nach kurzer Information bei unserem Vorgesetzten, eilten wir in die Tiefgarage und fuhren zügig in Richtung Zürich Nord. Während der Fahrt dorthin, informierte ich Alain über die Aussagen des Hotelmanagers.

*

In der Hotellobby war es zu dieser Zeit verhältnismässig ruhig. An der langen Theke stand einzig ein Mann mit einem scheusslich aussehenden, rosafarbenen Flugzeug-Trolley, der offensichtlich gerade angekommen war. Seltsam, als Geschäftsmann, wie er den Anschein machte, würde ich an seiner Stelle ein Gepäckstück in einer anderen Farbe auswählen. Aber was soll's, die Geschmäcker sind bekanntlich verschieden.

Die Rezeptionistin daneben war frei und so begaben wir uns auf direktem Weg dorthin. Die Frau war wohl um die 30 und trug langes, rotes Haar. Sie war, wie es sich für ein Hotel dieser Klasse gehört, mit einem dunkelblauen Zweiteiler bekleidet. Obwohl man einer Dame nicht auf den Busen schauen sollte, musste ich doch ihren Namen lesen, den sie sich genau dort angesteckt hatte. Was kann ich dafür? Jedenfalls hatten wir es mit einer, gemäss eben diesem Anstecker, „V. Fischer" zu tun.

„Welcome in unserem Hotel" sagte sie zu uns. Was kann ich für sie tun"?

„Ich möchte gerne mit Herrn Kluge sprechen. Wir sind verabredet".

Die Rezeptionistin brauchte ihm gar nicht erst zu rufen, denn er kam schon auf uns zu.

„Guten Tag meine Herren," stellte er sich uns vor, "Kluge ist mein Name. Sie sind sicher von der Polizei. Ich habe sie angerufen wegen dieser Patronenhülse." Dabei zeigte er uns eine

Hülse, die er zwischen Mittelfinger und Daumen in die Höhe hielt.

Obwohl ich mir betreffend Fingerabdrücke und DNA keine grossen Hoffnungen machte, zog ich eine kleine Spurensicherungsplastiktüte aus der Tasche und bat ihn, die Hülse darin zu deponieren. Ich wollte nicht, dass das Asservat, nachdem es bereits durch die Hände der Putzfrau und des Managers gegangen war, auch noch durch meine Finger kontaminiert wurde.

"In welchem Zimmer wurde die Patrone gefunden"? begann ich mit meinen Fragen.

"Moment, ich rufe gleich die Putzfrau die sie gefunden hat, dann kann sie es ihnen erklären." Mit diesen Worten wandte er sich an die Rezeptionistin und diese wiederum nahm daraufhin den Telefonhörer in die Hand. Nach wenigen Worten legte sie wieder auf und erklärte, "Frau Domesco kommt sofort hierher an die Rezeption."

Tatsächlich dauerte es keine drei Minuten, da erschien eine kleine dafür umso breiter gewachsene, ca. 50 jährige Frau beim Empfang.

"Frau Domesco, sie haben doch diese Patronenhülse gefunden", wandte sich der Manager an die unsicher wirkende Frau.

"Können sie diesen beiden Herren zeigen in welchem Zimmer und wo genau sie die Hülse gefunden haben"?

"Das war im Zimmer 612. Die Hülse lag ganz hinten unter dem Bett" erklärte sie mit einem Akzent der mehr italienisch als deutsch tönte.

"Ich würde mich gerne in dem Zimmer umsehen. Ist das möglich?" fragte ich den Manager. Dieser gab meine Frage an die Rezeptionistin weiter.

"Ja, das Zimmer ist zurzeit frei. Vergangene Nacht war es aber von jemand anderem belegt. Inzwischen ist es aufgeräumt und sie können es sich in aller Ruhe ansehen."

"Dann muss ich sie bitten, das Zimmer vorläufig nicht zu vergeben, denn ich möchte es einer gründlichen Spurensicherung unterziehen."

"Ich biete schon mal die Spurensicherung auf" erklärte mir Alain, und begann sogleich sein Handy zu bearbeiten.

"Entschuldigen sie", wandte ich mich erneut an die Empfangsdame, "Waren sie am Tag als der Mord am Marktplatz geschah ebenfalls im Dienst?" Stellte ich ihr die sich aufdrängende Frage.

"Wenn sie damit meinen, ob ich den Mann gesehen hätte, welcher das Zimmer 612 gemietet hatte, dann kann ich ihnen die Frage mit ja beantworten. Allerdings hatte ich am Tag zuvor Spätdienst und war zum Zeitpunkt der Tat nicht anwesend. Ich habe dem Mann aber am Vorabend das Zimmer vermietet und ich kann mich noch ziemlich gut an ihn erinnern, denn er bestand darauf, ein Zimmer mit Sicht auf den Marktplatz zu bekommen, nachdem ich ihm zuvor eines auf der Westseite angeboten hatte."

"Wie hat der Mann es begründet, dass er unbedingt ein Zimmer mit Ausblick auf den Marktplatz wünschte?" fragte ich neugierig.

"Er hat überhaupt keinen Grund angegeben er bestand einfach darauf. Wissen sie, die Leute haben oftmals unnachvollziehbare Wünsche, die wir ihnen, wenn immer möglich, gerne erfüllen. Es gehört zum guten Ton dass man nicht zu viele Fragen stellt in einem Hotel", klärte sie mich auf.

"Da unterscheiden sich unsere beiden Berufe eindeutig", fügte ich spasseshalber an. "Wie hiess denn der Gast", wurde ich wieder seriös.

Die Rezeptionistin schaute in den Terminal der vor ihr auf der Empfangstheke stand. Nachdem sie kurz die Computer-Maus bearbeitet hatte, sagte sie: "Pius Eckert, geboren 1970, wohnhaft in Wettingen, Kanton Aargau."

"Können sie mir dieses Hotelbulletin aushändigen?" fragte ich weiter, indem ich ein Foto aus meinen mitgebrachten Unterlagen zog.

"Ist das der Mann" fragte ich, und legte ihr das Foto von Dieter Hammel vor.

"Nein, ganz bestimmt nicht" sagte sie in überzeugendem Ton. Der Mann hatte ein viel schlankeres Gesicht und einen gepflegten, kurzgeschnittenen Bart."

Ich zeigte ihr auch noch die Fotos der beiden andern Verdächtigen, Ivan Isolovic und Beat Strocker. Leider erkannte sie keinen dieser beiden, was logischerweise nicht heissen soll, dass nicht doch einer von diesen dreien als Täter in Frage kam.

"Ich habe noch eine weitere Frage", liess ich nicht locker. "Ich gehe davon aus, dass sich ihre Gäste beim Einchecken ausweisen müssen oder"?

"Ja sicher", antwortete sie mit bestimmtem Tonfall, fast ein wenig beleidigt. Es sei denn, es handle sich um einen Stammgast.

"Und mit was für einem Dokument hat sich dieser Pius Eckert ausgewiesen"? Wollte ich wissen.

"Moment, ich schaue nach." Sie widmete sich erneut dem Bildschirm und ich konnte an ihrer Gesichtsfarbe ablesen, dass sie wohl etwas versäumt hatte, denn sie gestand unter leichtem Erröten: "Sorry, jetzt erinnere ich mich. Der Mann hatte seinen Ausweis im Wagen liegen lassen und wollte ihn später vorbei bringen. Dies wurde dann leider vergessen. Tut mir leid."

"Darf ich sie bitten, ins Kriminalpolizei Hauptgebäude zu kommen, damit wir mit ihnen eine Fotokonfrontation durchführen können"? fragte ich sie weiter.

"Ja sicher", antwortete sie ohne zu zögern und vermutlich froh darüber, dass ich nicht weiter auf das Versäumnis einging. Wir vereinbarten einen Termin auf den morgigen Nachmittag, denn solche Fotokonfrontationen sollte man immer möglichst schnell machen, solange die Erinnerung an die gesuchten Personen noch frisch ist.

Nun trafen die angeforderten Beamten der Spurensicherung ein und zusammen begaben wir uns in den sechsten Stock zum Zimmer 612.

"Wir suchen hier die berühmte Stecknadel im Heuhaufen", gab ich den Spurentechnikern bekannt und erklärte ihnen das ganze

Geschehen. "Natürlich weiss ich, dass es in einem Hotelzimmer Spuren von tausenden von Gästen gibt, aber warum sollte nicht genau uns das Glück einmal hold sein"? Versuchte ich die beiden aufzumuntern. Sie schienen nicht sehr enthusiastisch, aber sie begannen ihre Arbeit professionell wie man es erwarten darf. Zusammen mit Alain warf ich noch einen kurzen Blick aus dem Fenster, von wo aus man einen perfekten, uneingeschränkten Blick auf den Marktplatz hat. Um die Spurensicherung nicht zu stören, verabschiedeten wir uns von den beiden Kollegen und liessen sie ihre Arbeit erledigen. Ich überreichte ihnen noch die Patronenhülse mit dem Hinweis, diese auf DNA und Daktyspuren zu untersuchen und sie danach an René Harm weiter zu leiten. Im Vorbeigehen verabschiedeten wir uns auch noch beim Manager und der Rezeptionistin.

"Entschuldigen sie meine Frage", rief sie uns nach, als wir uns bereits Richtung Ausgang wandten. "Wie lange glauben sie, müssen wir auf die Freigabe des Zimmers 412 warten"?

"Ich denke, dass unsere Kollegen in ein bis zwei Stunden mit der Spurensicherung fertig sind und das Zimmer dann freigegeben werden kann", beruhigte ich sie.

Damit verabschiedeten wir uns definitiv und begaben uns zu unserem Dienstwagen.

*

"Was hältst du von dem Ganzen", wollte Alain von mir wissen als wir uns im Dienstwagen befanden.

"Ehrlich gesagt, glaube ich nicht mehr daran, dass es sich beim Täter um Dieter Hammel handelt. Zu überzeugt und entschlossen hat die Empfangsdame auf das Foto reagiert. Bei den beiden andern war sie schon bedeutend unsicherer, auch wenn sie niemanden erkannt hat. Ich denke aber, dass wir den Verdacht gegen Dieter Hammel zweitrangig behandeln können. Ich schlage vor, wir konzentrieren uns auf Ivan Isolovic und Beat Strocker. Kümmere du dich trotzdem um das Video der Überwachungskamera vom Parkhaus Urania", bat ich meinen Kollegen. "Wir müssen trotzdem jeder möglichen Spur nachgehen und die Aussagen der einzelnen überprüfen, soweit es geht, und sei es nur, um die Unschuld eines Verdächtigen zu beweisen. Du weisst ja, wir sind von Gesetzes wegen verpflichtet, sowohl be- als auch entlastendes Material zu sammeln."

Inzwischen waren wir im Kreis vier angekommen und begaben uns in unser Büro im 5. Stock.

Kaum hatten wir auf unseren Bürostühlen Platz genommen, als der Chef eintrat und sich nach den neuesten Ergebnissen erkundigte.

Nachdem ich ihm alles Wissenswerte eröffnet hatte, schlug ich ihm vor, die Überwachung von Dieter Hammel abzuziehen und stattdessen Beat Strocker unter Beobachtung zu stellen. Natürlich nur, wenn die Auswertung der Überwachungskamera vom Parkhaus Urania die Aussagen von Eduard Digger bestätigen würde.

"Warum Beat Strocker und nicht Ivan Isolovic"? wollte mein Chef wissen.

"Weil die Dame von der Hotelrezeption einen Einheimischen beschrieben hat, welcher sich als Pius Eckert aus Wettingen ausgegeben hat", weihte ich meinen Chef in meine Gedankengänge ein.

"Ja, das leuchtet mir ein. Überprüfen sie aber trotzdem, ob es nicht doch einen Mann mit diesem Namen in Wettingen gibt", fügte er noch bei.

"Selbstverständlich, das hatte ich als nächstes vor" gab ich ihm zu verstehen.

*

So setzte ich mich an den Computer und begann in unseren Systemen nach dem Namen Pius Eckert zu suchen.

Zu meinem grossen Erstaunen stellte ich bald einmal fest, dass tatsächlich ein Mann mit diesem, wenn auch nicht ganz seltenen, so doch nicht alltäglichen Namen bei uns verzeichnet war. Was mich aber noch stutziger machte ist die Tatsache, dass dieser Mann gemäss unseren Einträgen, wirklich in Wettingen wohnte. Auch sein Geburtsdatum stimmte mit dem auf dem Hotelbulletin überein.

Sofort rief ich die Einwohnerkontrolle in Wettingen an und vergewisserte mich, ob ein gewisser Pius Eckert noch immer bei ihnen gemeldet sei.

"Einen kurzen Moment bitte" antwortete mir daraufhin eine sympathische Frauenstimme. "Ich schaue gleich nach".

Ich hörte wie die Dame die Tastatur eines Computers bearbeitete. Nach wenigen Augenblicken meldete sie sich wieder.

"Ja, da haben wir ihn schon. Er wohnt seit April 2005 bei uns an der Staffelstrasse mit seiner Frau und hat inzwischen zwei Kinder.

Warten Sie, ich kann ihnen vielleicht noch mehr sagen."

Wieder vernahm ich das unverwechselbare Geräusch der PC Tastatur.

"Ja genau", meldete sie sich wenige Sekunden später.

"Er ist auch bei uns in der Gemeinde aufgewachsen und lebte mit seinen Eltern an der Schartenstrasse, bis er 2005 eine eigene Wohnung bezog. Die beiden Strassen kreuzen sich. Er wohnte also bis 2005 unweit des heutigen Wohnortes. Warum möchten sie das wissen? Hat er etwas ausgefressen"? Fügte sie neugierig an.

"Darüber darf ich ihnen leider keine Auskunft geben. Sie wissen ja, Berufsgeheimnis und so" gab ich ihr zu verstehen.

"Ja entschuldigen sie", rechtfertigte sie ihre vorwitzige Frage, "aber sie müssen verstehen, es ist auch für uns wichtig und von Vorteil, zu wissen, wenn ein Krimineller in unserer Gemeinde wohnt".

"Ich habe zwar von Berufes wegen sehr viel mit Kriminellen zu tun", klärte ich sie auf, "aber nicht ausschliesslich. Es gibt auch noch Auskunftspersonen, Zeugen, Geschädigte, Gutachter, etc. Alle diese Kategorien sind für uns von grosser Wichtigkeit. Ich rate ihnen deshalb davon ab, Pius Eckert als Kriminellen anzusehen oder ihn als solchen zu bezeichnen. Der Schuss könnte sonst leicht nach hinten losgehen. Ich danke ihnen aber sehr für die schnelle und unbürokratische Auskunft."

Ich legte auf und begann mir die verrücktesten Gedanken zu machen.

- Kann es sein, dass ein Mensch der beabsichtigt, aus einem Hotelzimmer heraus jemanden zu erschiessen, sich mit seinem richtigen Namen im Hotel einträgt?

- Warum hatte Pius Eckert seinen Ausweis im Wagen angeblich vergessen?

- Wenn er einen falschen Namen angegeben hat, warum stimmen Name, Adresse und Geburtsdatum mit dem echten Eckert überein?

- Was hat dieser Eckert allenfalls für eine Verbindung zu seinem Mordopfer? Oder anders gefragt, was hat dieser Eckert, wenn er es nicht selbst war, mit dem Täter zu tun? Warum kennt und benutzt der Täter ein existierendes Profil?

In unserem System war er zwar verzeichnet, aber nicht als Grosskrimineller. Er hat einmal, vor mehr als 10 Jahren an einer unbewilligten Demonstration teilgenommen und wurde deswegen verhaftet. Er setzte sich gegen seine

Verhaftung zur Wehr und dabei erwischte er einen Polizeibeamten mit der Faust, und brach ihm das Nasenbein. Daraufhin wurde er in folgenden Punkten angeklagt:

- *Körperverletzung,*
- *Gewalt und Drohung gegen Beamte,*
- *Teilnahme an einer nicht bewilligten Demonstration,*
- *Landfriedensbruch,*
- *Sachbeschädigung.*

Was er dafür für eine Strafe aufgebrummt bekommen hat, geht logischerweise nicht aus unseren Polizeiakten hervor. Es ist aber anzunehmen, dass ihm eine Geldbusse auferlegt wurde, mehr nicht.

Ein Foto von ihm war in unseren Archiven auch noch vorhanden. Dieses zeigte einen typischen Demonstranten mit entsprechender Kleidung und ungepflegten, halblangen Haaren. Das Foto war wohl kaum mehr zu gebrauchen für eine Konfrontation mit der Rezeptionistin im Swissôtel.

Ich entschloss mich, Pius Eckert direkt anzurufen und ihn zu bitten, freiwillig nach Zürich zu kommen.

Es war nicht schwierig, ihn im elektronischen Telefonbuch ausfindig zu machen. Allerdings musste ich davon ausgehen, dass er am Arbeiten war.

Drrr....drrr....drrr tönte es im Hörer. Schon nach dem dritten Klingeln meldete sich eine Männerstimme: "Eckert"...

"Guten Tag, spreche ich mit Herrn Pius Eckert"? fragte ich sicherheitshalber.

"Was wollen sie verkaufen? Ich brauche nichts" kam die schroffe Antwort und ich glaubte schon, er würde auflegen. Deshalb fügte ich schnell bei:

"Buck ist mein Name, ich bin von der Zürcher Polizei und ich muss mit ihnen etwas besprechen."

"Was soll das? Verarschen kann ich mich selber!" fügte er nicht weniger schroff an. Der Mann schien ziemlich schlecht gelaunt zu sein.

In einem möglichst ruhigen Ton versuchte ich ihn zu besänftigen, was mir glaublich nicht schlecht gelang.

"Ich bin von der Mordkommission und bearbeite gerade ein Tötungsdelikt. Dabei ist ihr Name aufgetaucht. Zwar gehe ich davon aus, dass sie mit dem Mord nichts zu tun haben, aber vielleicht können sie mir wichtige

Hinweise auf den Täter geben. Wir müssen logischerweise jeder Spur nachgehen, das verstehen sie sicher".

„Das sagen sie jetzt und wenn ich bei ihnen bin, bin ich plötzlich verdächtigt. Ist das nicht so?" Wollte er wissen.

„Nein, sicher nicht, es sei denn, die Indizien würden gegen sie sprechen, was ich aber wie schon gesagt, nicht glaube. Oder meinen sie ernsthaft, ich würde sie auf freiwilliger Basis zu mir kommen lassen oder sie telefonisch vorwarnen, wenn sie mir tatverdächtig erscheinen würden?" Diese Worte schienen ihn zu beruhigen, denn sein Ton wurde viel umgänglicher.

"Ich gebe Ihnen drei Möglichkeiten zur Auswahl", gab ich ihm zu verstehen:

1. Wir machen einen Termin ab und sie kommen zu mir in mein Büro. Das wäre die einfachste und unkomplizierteste Lösung.

2. Ich komme nach Wettingen oder Baden und wir treffen uns im dortigen Polizeiposten.

3. Ich lasse sie mittels Rechtshilfebegehren durch die Aargauer Kollegen befragen, was natürlich bedingt, dass ich diese über alles in Kenntnis setzen muss.

"OK. ich habe verstanden" sagte er unerwartet schnell. "Wann soll ich bei ihnen sein?"
Geht es Ihnen morgen Vormittag, sagen wir um 09:00 Uhr?" fragte ich ihn.
"Kein Problem. Ich habe mir vor einer Woche beim Biken den rechten Arm gebrochen und bin demzufolge 100% arbeitsunfähig. Ich werde kommen."
Nachdem ich ihm die Koordinaten, wie Adresse, Büronummer etc. bekannt gegeben hatte, beendeten wir das Gespräch.

*

"Bingo" rief Alain mir zu, als er unser Büro betrat. Ich habe zwar den Fall nicht gelöst, aber wir haben einen Verdächtigen weniger. Ich konnte mich vor Ort vergewissern, dass uns das Hinkebein von Schlieren die Wahrheit gesagt hat. Es gibt im Parkhaus Urania eine Videokamera die recht gute Bilder aufzeichnet. Die Filme werden auf einer Harddisk aufgezeichnet und dort eine gewisse Zeit gespeichert. Die Platte auszubauen schien mir zu aufwändig, zumal wir damit die Aussagen von Digger nur bestätigen und ihm nicht das Gegenteil beweisen müssen. Ich konnte mir den Film ansehen und darauf ist ersichtlich, dass Punkt 18:28 Uhr der alte Renault von

Digger durch die Parkhauseinfahrt kommt. Es ist einwandfrei zu erkennen, dass sich zwei Männer im Wagen befinden. Kurze Zeit später kommen die beiden zu Fuss aus dem Parkhaus. Digger ist dabei durch sein Hinken gut zu erkennen.

Um 21:20 Uhr kommen die beiden wieder zurück und fahren kurze Zeit später aus dem Parkhaus."

„Das habe ich mir gedacht" fügte ich bei. „Bitte schreib doch gelegentlich einen kurzen Bericht darüber worin Du auch festhältst, weshalb wir die Aufzeichnung nicht gesichert haben."

Bleiben also noch Isolovic und Strocker. Ich schlage vor, wir nehmen uns als Erstes, Beat Strocker vor. Immerhin hat der Mann an der Hotelrezeption Schweizer Dialekt gesprochen und hat auch ein einheimisches Aussehen. Zwar hat die Rezeptionistin ihn nicht erkannt auf dem Foto, aber mit anderer Frisur und Bart verändert sich ein Gesicht sehr schnell.

*

Am nächsten Morgen, pünktlich um 09:00 Uhr rief mich der Portier an und erklärte mir, dass ein gewisser Pius Eckert mich zu sprechen wünsche.

„Ich komme sofort" antwortete ich ihm. Keine zwei Minuten später begrüsste ich den Mann beim Eingang im Parterre. Er war schlank, hatte schwarze, nach hinten gekämmte Haare und einen feinen Schnurrbart. Sein rechter Arm war eingegipst und hing an einer Halsschleife. Immer wenn ich jemanden zum ersten Mal sehe, zeichnet sich in meinem Gehirn eine Tabelle mit verschiedensten Charakteren ab. In Gedanken versuche ich die Person dann in das möglichst passende Feld zu platzieren. Ich darf sagen, dass mich mein erstes Gefühl noch sehr selten getäuscht hat. Dieser Pius Eckert machte auf mich einen sehr gepflegten Eindruck und ich würde ihn in die Kategorie „vertrauenserweckend" einreihen. Schon als wir mit dem Lift in die fünfte Etage fuhren, entschuldigte er sich für seinen schroffen Ton welchen er gestern am Telefon angeschlagen hatte. Er habe sich, wie er sagte, unmittelbar vor diesem Anruf mit seiner Frau gestritten wegen einer Erziehungsfrage. Das war der Grund weshalb er das Telefon in schlechtgelaunter Stimmung abgenommen habe.

„Kein Problem" ermutigte ich ihn. „Glauben sie mir, da habe ich schon viel Schlimmeres erlebt".

Inzwischen hatten wir mein Büro erreicht und ich bat ihn, auf dem Besucherstuhl Platz zu nehmen.

„So, dann wollen wir mal anfangen". Sein Blick schien mir noch immer ziemlich misstrauisch, deshalb beruhigte ich ihn erst einmal.

Ich klärte ihn über seine Rechte auf wie man dies am Anfang jeder Einvernahme tun muss.

Ich erklärte ihm, dass er sich selbst nicht belasten müsse und auch das Recht habe, zu schweigen etc.

„Kein Problem", erklärte er. „Ich werde alle Ihre Fragen beantworten. Ich habe nichts zu verbergen".

Nachdem ich ihm die üblichen Fragen zu seinem Wohnort, der Familie, Beruf und Hobbys gestellt hatte, fragte ich ihn ob er einen oder mehrere Feinde habe.

„Nicht dass ich wüsste" antwortete er. „Weshalb fragen sie mich das?"

„Es hat sich jemand für sie ausgegeben" mehr wollte ich ihm noch nicht sagen.

Gibt es jemanden der ihren Namen, die Adresse und Ihr Geburtsdatum auswendig kennt?"

„Ja, da kommen einige Familienmitglieder, Verwandte, Freunde, und Arbeitskollegen, bzw. Vorgesetzte etc. in Frage. Ich muss ihnen aber sagen, dass dies nicht zum ersten Mal passiert ist. Schon zweimal hatte ich deswegen Probleme. Das erste Mal, das war noch vor 2005. Ich wohnte damals noch bei meinen Eltern an der Schartenstrasse. Da bekam ich eine Rechnung von einem Hotel irgendwo im Kanton Bern. Glücklicherweise konnte ich mittels Belegen beweisen, dass ich damals gar nicht in der Schweiz war, sondern in den Ferien in den USA. Das zweite Mal, das war vor ca. zwei Jahren, da wurde mir eine Busse wegen Schwarzfahrens in einem Tram in Zürich, zugestellt. Auch hier gelang es mir, allerdings mit grösserem Aufwand, die Leute von der VBZ zu überzeugen, dass ich es nicht gewesen sein konnte, weil ich an diesem Tag in Solothurn an einer beruflichen Weiterbildung teilgenommen hatte. Ich musste diverse Unterlagen bringen, bis die Leute einsahen, dass sie wohl jemandem auf den Leim gegangen waren. Auch diese Busse kam übrigens an meine alte Adresse. Ich weiss nicht wer sich diese „Scherze" wenn man es so nennen darf, mit mir erlaubt. Da muss wohl jemand meine Personalien auswendig gelernt haben und nimmt sie bei Bedarf hervor".

Hatten sie mal Streit mit jemandem, waren sie vielleicht beim Friedensrichter oder sonst irgendwo wo man seine Personalien bekannt geben muss?

„Nein, nichts dergleichen".

„Haben sie vielleicht einmal einen Ausweis verloren?"

„Ja, das war allerdings schon vor ca. zehn Jahren, da wurde mir einmal im Zug zwischen Zürich und Genf das Portemonnaie mit allen Ausweisen gestohlen. Es kam nie wieder zum Vorschein. Ich hoffte längere Zeit, dass wenigstens die Ausweise, wenn schon nicht das Geld, wieder auftauchen würden, aber leider war die Hoffnung vergebens. Schliesslich habe ich alle Ausweise neu machen lassen".

„Ich muss ihnen leider sagen, dass irgendein Unbekannter, diesmal ein schweres Verbrechen begangen hat. Dieser Unbekannte hat sich wiederum in einem Hotel als sie ausgegeben. Können sie sich jemanden vorstellen, der so etwas machen würde?" Fragte ich ohne Hoffnung auf positive Antwort.

Er dachte kurz nach und legte die Stirn in Falten. „Nein, wirklich nicht. Mit dem besten Willen kommt mir dabei niemand in den Sinn. Was für eine Art Verbrechen hat er denn begangen?"

„Er hat jemanden umgebracht" gab ich ihm zu verstehen.

Kaum hatte ich den Satz ausgesprochen verfärbte sich seine Gesichtshaut. Sie wurde immer heller, beinahe durchsichtig.

„Kann ich Ihnen ein Glas Wasser anbieten?" fragte ich, in der Angst, dass er vom Stuhl kippen würde.

„Nein, es geht schon", erklärte er mir nach einigem Zögern. „Es ist nur etwas schwer verdaulich, zu wissen, dass sich ein Mörder für mich ausgibt. Muss ich mich jetzt ernsthaft fürchten oder wie sehen sie das?"

Nein, das glaube ich nicht", beruhigte ich ihn. „Es könnte höchstens sein, dass der Typ wieder irgendetwas anstellt. Es muss ja nicht gleich ein Mord sein. Es reicht schon eine Zechprellerei. Wenn er sich erneut für sie ausgibt könnte es sein, dass die zuständige Polizei sich wieder bei ihnen meldet. Ich hoffe es jedoch nicht. Ich gebe ihnen meine Visitenkarte und falls etwas in dieser Art passieren sollte, dann sagen sie den Polizisten, sie sollen mich anrufen, egal um welche Uhrzeit".

„Danke, das ist sehr nett. Allerdings wirklich beruhigend ist diese Aussicht auch mit ihrer Visitenkarte nicht."

Nachdem er seine Aussagen unterschrieben hatte, fragte ich ihn, ob ich von ihm ein Foto machen dürfe.

„Ich werde das Foto ausschliesslich an der Rezeption des Hotels zeigen und danach vernichten. Sie brauchen also diesbezüglich nichts zu befürchten. So können wir mit 100%er Sicherheit ausschliessen, dass sie als Täter in Frage kommen.

„Ja, natürlich können sie ein Foto von mir machen. Ich habe nichts zu verbergen."

Ein qualitativ hochstehendes Foto brauchte ich für meinen Zweck nicht, deshalb ging ich nicht zum Kriminalfotodienst, sondern machte ganz einfach ein Bild mit meinem Smartphone. Ich zeigte ihm das Bild „das sollte reichen für eine Identifikation, denke ich. Ich danke ihnen, dass Sie so schnell gekommen sind. Ich werde sie jetzt zum Ausgang begleiten."

„Nicht nötig", erwiderte er „ich finde den Ausgang schon selbst."

„Das glaube ich ihnen sofort, aber Sie wissen ja wie das ist, mit den Vorschriften."

„Na ja, wenn das so ist, bitte, dann begleiten sie mich."

Beim Ausgang verabschiedete ich mich von ihm und kehrte in mein Büro zurück.

*

Beat Strocker wohnte seit seiner Entlassung an der Luchswiesenstrasse in Zürich Schwamendingen. Dies jedenfalls konnten wir dem Einwohnerregister entnehmen. Nach Absprache mit unserem Vorgesetzten, Walter Anders, beschlossen wir, die Überwachung von Dieter Hammel aufzuheben und an dessen Stelle Beat Strocker unter Observation zu nehmen. Ich rief deshalb Niklaus Kraft an um ihm den bevorstehenden Auftrag zu erteilen.

„Kraft" meldete er sich nach kurzem Läuten.

„Hallo Nicki, ich bin es, Franz. Hast du am Wochenende schon etwas vor"?

„Nichts Spezielles, nein. Willst du mich etwa zum Mittagessen einladen"? fragte er scherzhaft.

„Das nicht, nein aber ich hätte eine Möglichkeit, dir die Wochenend-Langeweile zu vertreiben. Wäre das etwas?"

„Jetzt rede schon", sagte er ungeduldig. „Ich kann mich deinem Auftrag ja doch nicht entziehen".

„Schön, ich wusste doch, auf dich ist Verlass". Ich erklärte ihm die Situation und er versprach mir, die bisherige Observation von Dieter Hammel umzuleiten und an dessen Stelle Beat Strocker unter Beobachtung zu stellen.

„Ich habe am Wochenende zwar keinen Dienst, bin aber immer über das Handy erreichbar. Du kannst mich zu jeder Tages- und Nachtzeit anrufen wenn sich etwas ergibt. Ich bitte dich sogar darum", fügte ich noch bei.

„OK, werde ich machen". Mit diesen Worten verabschiedeten wir uns.

*

07:12 Uhr zeigte mein Wecker am folgenden Samstagmorgen, als mich mein Telefon aus dem Schlaf riss. Schlaftrunken tastete ich nach dem kleinen Ruhestörer auf meinem Nachttisch.

„Buck" murmelte ich, noch halb schlafend.

„Nicki am Apparat", meldete sich mein Kollege von der Observation.

Sofort war ich hell wach. „Ja, Nicki, ich höre"

„Sorry, wenn ich dich schon so früh zum Schlaf heraus hole. Du hast mir gesagt, dass ich mich melden soll, wenn sich etwas tut".

„Alles bestens, kein Problem erzähl, was gibt es"?

„Unsere Zielperson hat soeben das Haus verlassen. Er trug eine sehr lange und schmale Tasche über der Schulter in welcher locker ein Gewehr Platz finden würde. Er hat die Tasche in seinen alten Opel Astra geladen und ist weggefahren. Wir sind an ihm dran. Sollen wir ihn stoppen"? Fragte mich mein Kollege.

„Lass mich überlegen, - eigentlich würde es mich schon interessieren, wohin er geht. Solltet ihr ihn aber aus den Augen verlieren, könnte das sehr unangenehme Folgen haben. Was meinst du, schafft ihr es, ihm zu folgen ohne ihn zu verlieren"?

„Mach dir keine Sorgen, dieser alten Karre werden wir schon noch folgen können. Er fährt jetzt in Richtung Oerlikon. Soll ich dir laufend unseren Standort durchgeben oder genügt es wenn ich dir sein Ziel melde"?

„Ruf mich an, wenn sich etwas Spezielles abspielen sollte oder wenn er sein offensichtliches Ziel erreicht hat. Viel Glück"!

Nach diesem Anruf war ich hell wach. Ich beschloss, trotz freiem Tag, ins Büro zu gehen, von dort hatte ich mehr Möglichkeiten die verschiedenen Auskunftsquellen anzuzapfen als in meiner Wohnung, falls dies nötig werden sollte.

*

Ich sattelte mein Motorrad und fuhr über die Waid in Richtung Innenstadt. Gerade als ich mich Höhe Bucheggplatz befand, machte sich mein Handy bemerkbar. Ich hielt sofort am

Strassenrand an und nahm den Anruf entgegen.

„Buck" meldete ich mich kurz.

„Scheisse!! Schrie Niklaus Kraft beinahe in sein Telefon. Ich ahnte natürlich nichts Gutes aber ich liess ihn zuerst mal reden.

„Strocker hat die A1 genommen Richtung Bern. Wir sind ihm mit einem Abstand von ca. 100 Metern gefolgt. Ausgangs Baregg Tunnel ging plötzlich alles drunter und drüber. Hinter unserem Zielfahrzeug gab es eine Auffahrkollision. Der touchierte Wagen schleuderte auf die linke Fahrbahn und der Wagen des Unfallverursachers drehte sich um die eigene Achse und blieb schliesslich quer auf der Fahrbahn stehen. Für uns gab es kein Durchkommen mehr und Strocker ist ruhig weiter gefahren. So ein Scheiss ist mir noch nie passiert. Ich habe natürlich jetzt keine Ahnung, ob er in Richtung Basel oder in Richtung Bern gefahren ist. Hier ist zudem noch immer alles verstopft so dass wir ihm, selbst mit überhöhter Geschwindigkeit nicht mehr folgen könnten. Wir müssen das Eintreffen der Polizei abwarten und hoffen, dass diese uns baldmöglichst den Weg frei macht. Ich rechne aber noch mindestens mit einer halben Stunde". Sagte er tief betroffen.

„Mach dir keine Vorwürfe", versuchte ich ihn zu beruhigen. „Du hast gemacht was du konntest. Gegen höhere Gewalt kommen wir nun mal nicht an. Hoffen wir einfach, dass er nichts Dummes anstellt dann kommt wieder eine andere Gelegenheit um ihn zu observieren".

Nun brauchte ich natürlich auch nicht weiter zu fahren, denn es gab nichts, was ich im Büro hätte überprüfen müssen. So fuhr ich um den Bucheggplatz herum und machte mich wieder auf den Heimweg. Schliesslich hatte ich noch einiges vor. Ich musste mich um ein neues Auto kümmern und das stand heute für mich ganz oben auf dem Programm.

*

Noch bevor ich von der Autogarage zurück fuhr, rief ich Karin an. „Hallo Karin" sagte ich erfreut, als sie sich meldete. „Ich habe für einmal gute Nachrichten. Ich komme soeben von meinem Garagisten, wo ich ein neues Auto bestellt habe. Die Lieferfrist beträgt normalerweise zwei bis drei Monate. Glücklicherweise stand aber genauso ein Auto in seinen Ausstellungshallen und das konnte ich kaufen. Allerdings ist es nicht mehr silberfarben, sondern weiss. Er bereitet es jetzt für mich vor und schon am nächsten Mittwoch werde ich es übernehmen können. Ich habe zudem noch 10% Ermässigung bekommen, weil es sich um einen Ausstellungswagen handelt. Er ist aber nagelneu."

„Das freut mich für dich. Ich gratuliere dir zum Kauf".

Karin machte sich nicht so viel aus Autos wie ich. Sie freute sich einfach, dass es für mich geklappt hatte. Für sie ist Marke und Motorisierung nebensächlich. Es muss ihr einfach form- und farbmässig gefallen und sie muss damit von A nach B kommen, mehr nicht.

„Hast du heute schon etwas vor"? Fragte ich sie. „Wenn nicht könnten wir doch das schöne Wetter ausnutzen und eine kleine Motorradtour unternehmen. Oder ist es dir lieber, wenn ich für uns etwas koche und wir den Abend bei mir zuhause verbringen? Was meinst Du"?

„Das tönt beides für mich sehr reizend. Ich mache was dir am liebsten ist".

„Gut, dann gehe ich etwas einkaufen und wir sehen uns später bei mir. Ist das gut so? Hast du einen speziellen Wunsch oder soll ich mir einfach etwas einfallen lassen"?

„Mach einfach was du willst, du weisst ja, mir schmeckt alles was du kochst".

„OK, dann bis später. Tschüss".

*

So machte ich noch einen Abstecher ins Einkaufszentrum Glatt. Ich wusste noch nicht was ich kochen würde. Wenn ich aber in einem Lebensmittelgeschäft die Auslagen betrachte, dann kommt mir immer eine Idee. So entschied ich mich, angesichts der hohen Temperatur, für ein Sommer-Menu. Eine kalte Gurkensuppe mit Pfefferminze sollte den Anfang machen. Zudem kaufte ich wunderschöne Riesencrevetten, welche ich in eine Knoblauchmarinade einlegen würde um sie anschliessend auf dem Grill zu braten. Dazu ein wenig Trockenreis mit gehackten Peperoni und fertig ist das Sommergericht. Dazu stellte ich einen leichten Rosé d'Anjou in den Kühlschrank. Mit diesem Abendessen würde ich nicht stundenlang in der Küche zu stehen brauchen und wir würden mehr Zeit für einander haben.

Als ich mit dem Einkauf nach Hause kam, schaute ich aus lauter Gewohnheit in den Briefkasten obwohl am Samstag selten Post kam.

„Nein, nicht schon wieder"! dachte ich, als ich den unbeschriebenen Umschlag heraus zog. Genau wie beim letzten Mal, befand sich wieder ein Brief mit aufgeklebten Buchstaben darin. Diesmal hiess der Text: „Du scheinst wie die Katzen, sieben Leben zu haben. Geniesse das Wochenende, es könnte dein Letztes sein".

Obwohl mich der Brief alles andere als kalt liess, legte ich ihn erstmal zur Seite. Ich beschloss, Karin vorläufig nichts davon zu sagen. Auch im Geschäft schien es mir am nächsten Montag noch früh genug dazu. Dieser Brief änderte ja nichts an der Tatsache, dass mir jemand offensichtlich nach dem Leben trachtete. Das war allen bekannt und eine sofortige Meldung des Fundes hätte keine neuen Erkenntnisse gebracht die uns dem Täter hätten näher bringen können. Da beim letzten Brief keinerlei Spuren gesichert werden konnten, musste ich auch diesmal davon ausgehen, dass der Täter Handschuhe und vermutlich sogar einen Mundschutz getragen hatte beim Erstellen des Briefes. Jedenfalls liessen sich weder Fingerabdrücke, noch DNA Spuren feststellen, was auf ein absolut professionelles Vorgehen deutete.

„Vergiss es! Wenigstens bis Montag" versuchte ich mir dauernd einzureden. Das war aber leichter gedacht als getan. Jedenfalls schwor ich mir, den Abend nicht von diesem Phantom verderben zu lassen. Um mich abzulenken, stellte ich am Internet-Radio meinen Lieblingssender aus Texas, mit echter Country Musik, ein und begann mit den kleinen Vorbereitungen für unser Abendessen.

Kurz nach 17:00 Uhr erschien Karin und mit ihrem Erscheinen verflogen alle unliebsamen Gedanken. Zwar entschieden wir uns aus Sicherheitsgründen nicht auf dem Balkon zu essen, was uns aber die Laune nicht verderben sollte. Ich habe gemerkt, dass ich beim Grillieren der Crevetten auf dem Balkon, mehr in die Umgebung als auf den Grill geschaut habe. So hätte der Abend dort keine grosse Freude bereitet.

Jedenfalls hat das Essen geschmeckt und wir haben auch in der Wohnung einen schönen, ruhigen Abend zusammen verbracht. Gegen 23:00 Uhr ging Karin dann nach Hause, da sie am Sonntag zum Geburtstag ihrer Mutter zu einem Brunch ins Toggenburg eingeladen war und deshalb schon ziemlich früh aufstehen musste.

In sehr guter Stimmung räumte ich das wenige Geschirr weg und stellte derweil den Fernseher ein.

„...während eines Spazierganges erschossen. Vom Täter fehlt jede Spur. Sachdienliche Hinweise an die Kantonspolizei Bern, Telefon Nummer 031 634 41 11"

Als ich diese Mitteilung der Nachrichtensprecherin hörte, stockte mir das Blut in den Adern. Ohne Rücksicht auf die späte Uhrzeit, rief ich Niklaus Kraft an. Seiner Stimme nach zu schliessen, hatte ich ihn wohl geweckt.

„Hast du die Nachrichten gehört?" fragte ich ohne zu grüssen.

„Hä? Was ist los? Warum rufst du mich mitten in der Nacht an?"

„Aus den Nachrichten habe ich soeben vernommen, dass im Kanton Bern jemand während eines Spazierganges erschossen wurde und dass vom Täter jede Spur fehlt. Da haben bei mir alle Alarmglocken geläutet. Verstehst du das"?

„Ja natürlich verstehe ich das. Um wieviel Uhr und wo genau hat sich denn das zugetragen? Hätte Strocker zu dieser Zeit überhaupt dort sein können"?

„Das weiss ich auch nicht. Ich habe nur noch den letzten Satz der Nachrichten gehört und kenne keine näheren Einzelheiten".

„Kurt Consin ist zusammen mit Ralf Hunziker am Wohnort von Strocker. Er hat mich um 17:30 Uhr informiert, dass die Zielperson soeben nach Hause gekommen sei und noch immer seine lange Schultertasche bei sich gehabt habe. Seither habe ich nichts mehr gehört. Ich nehme an, dass Strocker das Haus nicht mehr verlassen hat."

„Ich werde morgen früh gleich die Berner Polizei anrufen und mich nach näheren Details erkundigen. Hoffen wir, dass Strocker mit diesem Tötungsdelikt nichts zu tun hat." Mit diesen Worten beendeten wir unser Gespräch.

*

Es folgte eine unruhige Nacht. Ich wälzte mich im Bett umher und fand keine Ruhe. Immer wieder gingen mir die unmöglichsten Bilder durch den Kopf. Kaum aufgestanden rief ich die Berner Polizei an.

„Guten Morgen, hier ist Buck am Apparat. Ich bin von der Zürcher Mordkommission und möchte gerne mit jemandem von Eurer Gruppe Leib und Leben sprechen".

„Moment, ich verbinde sie" versprach mir die Telefonistin. Nach einigen Augenblicken meldete sich eine sonore Männerstimme: „Tschanz, Kantonspolizei Bern, Leib und Leben"

„Hallo Kollege, mein Name ist Franz Buck. Ich bin von der Mordkommission der Zürcher Polizei. Ich bin zwar nicht in meinem Büro, weil ich dieses Wochenende frei habe. Somit sind mir auch keine internen Fax und Mails bekannt. Gestern Abend habe ich aber in den Nachrichten von eurem Tötungsdelikt gehört. Da ich zurzeit einen Fall bearbeite, welcher mit Eurem zusammenhängen könnte, melde ich mich heute bei dir. Kannst du mir einige Details bekannt geben, ich habe eine Vermutung was den Täter betrifft. Wo und wann genau hat sich die Straftat ereignet"?

„In Köniz, anfangs Nachmittag." Meldete er mir und schien dabei ziemlich kurz angebunden zu sein. Möglich, dass er nicht sicher war ob er sich tatsächlich mit einem Berufskollegen verbunden war, da ich ja nicht vom Büro aus anrief.

„Kannst du mir schon etwas über die verwendete Munition sagen"?

„Die Obduktion hat noch nicht stattgefunden, deshalb weiss ich auch noch nichts Genaues".

Ich merkte, dass er mit seinen Aussagen sehr zurückhaltend war, was mir durchaus berechtigt schien in seiner Position. Ich beschloss deshalb, ihm den genauen Grund zu erklären, weshalb mich dieses Delikt so interessierte. Ich erzählte ihm von der missglückten Observation und davon, dass es mich persönlich auch betreffe. Danach schien mein Gesprächspartner wie ausgewechselt.

„Entschuldige, ich war mir nicht sicher, ob du wirklich von der Polizei bist oder ob sich ein Journalist als Polizist ausgibt."

„Das war mir sofort klar. Ich hätte an deiner Stelle nicht anders reagiert." Beruhigte ich ihn.

„Wie gesagt, die Obduktion findet vermutlich erst am Montagmorgen statt. Wir gehen aber davon aus, dass es sich um eine 7.65er Munition handelt. Der Schuss wurde aus relativ kurzer Distanz abgegeben und ist nicht ausgetreten. Auch aufgrund des Einschusses können wir eine grosskalibrige Munition ausschliessen".

„Handelt es sich beim Opfer um eine polizeilich bekannte Person"?

„Nein, es scheint sich um ein absolut unbeschriebenes Blatt zu handeln."

„Danke Kollege, du hast mir sehr geholfen. Somit kann unser Mann mit grosser

Wahrscheinlichkeit als Täter ausgeschlossen werden. Falls wir später noch auf eine passende Waffe stossen sollten, würde ich mich wieder mit dir in Verbindung setzen. Vielen Dank und einen schönen Sonntag, Tschau".

Nun war ich doch ziemlich beruhigt. Ich hätte mir andernfalls grosse Vorwürfe gemacht, weil ich Strocker nicht gleich hatte stoppen lassen.

*

Am folgenden Montagmorgen musste ich mich eine halbe Stunde früher auf den Weg machen. Die 30'000er Inspektion meines Motorrades stand an und ich wollte es vor meiner Arbeit beim Mechaniker vorbei bringen, damit ich es am Abend wieder abholen konnte. So fuhr ich von dort aus mit dem öffentlichen Verkehr zur Arbeit. Beim Eintreffen im Büro ging ich zuallererst zum Chef, Walter Anders. Ich erzählte ihm die Geschichte vom vergangenen Wochenende und machte auch keinen Hehl daraus, dass ich erneut ein Schreiben in meinem Briefkasten gefunden hatte.

Ohne noch einmal den möglichen Innendienst anzusprechen, nahm er alles zur Kenntnis.

„Und was gedenken sie als Nächstes zu tun"?

„Ich glaube nicht, dass der Verdacht gegen Strocker genügt um einen Hausdurchsuchungsbefehl zu bekommen. Ich habe mir gedacht, ich könnte Strocker mal vorladen und seine Alibis für die Tatzeiten überprüfen. Wenn sich dann was ergibt, können wir ihn immer noch nach Hause begleiten und die Durchsuchung vornehmen. Natürlich muss er unter Beobachtung bleiben, bis er hier ist. So kann er nichts verschwinden lassen".

„Das scheint mir ein gutes Vorgehen. Ich bin damit einverstanden. Macht das so".

Ich ging in mein Büro, und erklärte Alain das weitere, soeben besprochene Vorgehen. Zuerst rief ich Niklaus Kraft an.

„Hallo Niki, wie sieht es aus? Hat sich in der Zwischenzeit noch etwas bewegt im Hause Strocker"?

„Nein, alles ruhig" erklärte er mir. „Ich habe heute früh Ralf persönlich abgelöst. Seiner Aussage zufolge hat Strocker das Haus seit Samstagabend nicht mehr verlassen."

„Das ist gut so. Jetzt werde ich ihn anrufen und zu mir vorladen. Pass gut auf, dass er im Anschluss an diese Vorladung nichts verschwinden lässt. Mach's gut, bis bald, Tschüss".

Ich suchte mir die Telefonnummer von Strocker heraus und stellte sie ein.

„Hallo" meldete sich eine verschlafene Männerstimme.

„Spreche ich mit Beat Strocker"?

„Wer will das wissen"? fragte er in schroffem Ton.

„Mein Name ist Buck. Ich denke, sie erinnern sich noch an mich? Ich bin von der Zürcher Polizei und war damals mit ihrem Fall betraut. Sie sind ja jetzt wieder ein freier Mensch und als solchen betrachte ich sie auch. Trotzdem möchte Ich sie bitten, in meinem Büro vorbei zu kommen, ich möchte mit ihnen über etwas ganz anderes reden."

„Ich aber nicht mit ihnen". Mit diesen Worten legte er auf.

„Der scheint immer noch der gleich sture Bock zu sein wie früher" sagte ich mehr zu mir als zu Alain. „Schon bei den Einvernahmen damals war es sehr schwierig, mit ihm ein normales Gespräch zu führen Er sieht in der Polizei seinen persönlichen Feind und gibt uns die Schuld an seiner misslungenen Situation".

Ich hielt noch immer den Telefonhörer in der Hand und sass auf der Kannte meines Bürotisches.

„Hallooo"! meldete sich Alain und fuchtelte wild mit der Hand vor meinem Gesicht. Du starrst ein Loch in die Wand. Wo bist du mit deinen Gedanken, darf ich daran teilhaben"?

„Ja, natürlich. Ich überlege gerade, ob ich Strocker noch einmal anrufen soll oder ob ich einfach bei ihm vorbei gehen, oder ihn schriftlich vorladen soll".

Nach der Abwägung aller drei Möglichkeiten, entschieden wir uns, ihm einen Besuch abzustatten.

*

Nachdem wir kurz unseren Chef informiert hatten, holte Alain einen Dienstwagen und wir fuhren zusammen nach Zürich Nord, genau gesagt, nach Zürich-Schwamendingen.

Bei der angegebenen Adresse an der Luchswiesenstrasse, handelte es sich um ein altes, verlottertes, zweistöckiges Reihenhaus. Die Grünflächen um das Haus waren ungepflegt, das Gras vermutlich in diesem Jahr noch nie geschnitten und die so entstandene Wiese war übersät mit Abfall aller Art. Die Fensterläden hingen schief an der Hauswand und es schien nicht sehr ratsam, sich bei einem Sturm in der Nähe dieses Hauses aufzuhalten. Man sah den

Häusern an, dass sie wohl demnächst einer Baggerschaufel zum Opfer fallen würden. Vor dem Haus stand neben ein paar weiteren klapprigen Autos, der alte Opel Astra von Strocker.

Bevor wir unseren Wagen verliessen, rief ich noch einmal den Kollegen Kraft an: „Hallo Nicki, hat sich seit unseren Telefonat noch etwas ergeben"?

Ja, du wirst es nicht glauben. Kurz nachdem du angerufen hast, ging die Tür auf und Strocker kam mit einem Abfallsack aus dem Haus. Diesen deponierte er im dort stehenden Abfall Container. Es muss der oberste Sack sein, denn seither hat niemand mehr etwas entsorgt".

„Danke, ich werde mich mal dran machen und den Abfallsack durchkämmen, auch wenn es sich dabei nicht um meine Lieblingsbeschäftigung handelt. Das kannst du mir glauben. Aber wer weiss, vielleicht finden wir ja noch etwas das uns hilft, Strocker zu überführen. Ich melde mich wieder. Möglich, dass ihr die Überwachung bald abbrechen könnt. Tschüss bis bald".

Die Container befanden sich hinter einem Laubgewächs, sodass wir ohne gesehen zu werden, den Sack aus dem Container holen konnten. Wir nahmen ihn erst mal zum Auto und stellten ihn in den Kofferraum.

„Schauen wir mal ganz oberflächlich hinein. Genau untersuchen können wir ihn dann immer noch im Büro" sagte ich zu meinem Kollegen.

Nachdem wir uns Gummihandschuhe angezogen hatten, machten wir uns an die schmutzige Arbeit. Im obersten Teil des Sackes befand sich ausschliesslich Verpackungs-material von Esswaren. Darunter kamen verschiedenste Prospekte und Zeitschriften zum Vorschein.

„Bingo"! entfuhr es mir, als ich sah, dass diese Zeitschriften allesamt zerschnitten waren, so als hätte jemand etwas herausgeschnitten.

„Was schliesst du daraus, Alain", fragte ich meinen Partner.

„Wow! Keine Frage, Strocker ist der Verfasser deiner Drohbriefe. Ich denke, damit haben wir ihn an der Angel. Da wird es sehr schwer werden, auch für seinen Anwalt, ihn da heraus zu boxen", pflichtete mir mein junger Kollege bei.

*

Wir besprachen untereinander das weitere Vorgehen.

„Bist du bereit"? fragte ich Alain. „Es kann sein, dass dieser Einsatz kein Ausflug wird. Strocker kenne ich als sehr rabiaten Typ. Es kann gefährlich werden. Ich gehe davon aus, dass er nicht einfach freiwillig mit uns kommt und dass es zu Handgreiflichkeiten ausarten könnte. Du weisst, er ist vermutlich der Unbekannte, welcher auf mich geschossen hat. Wir müssen uns deshalb im Klaren sein, dass ihm ein Polizistenleben nicht viel bedeutet und er eine Tötung durchaus in Kauf nimmt".

„Das ist schon klar" pflichtete mir Alain bei. Ich werde auf der Hut sein und mich nicht überrumpeln lassen. Zudem sind wir ja beide mit einer Kevlarweste gegen Messerstiche und kleine Geschosse geschützt".

„Gegen kleine Geschosse, ja. Bekanntlich wurde damals mit einer 306er Munition auf mich geschossen. Das ist alles andere als ein kleines Geschoss. Gegen so ein Kaliber nützt unsere Weste herzlich wenig".

„Fändest du es denn besser", fragte mein Kollege, „wenn wir die Interventionseinheit aufbieten für diese Verhaftung"?

„Nein, ich denke, das ist nicht nötig. Wir zwei werden das schon schaffen. Schliesslich sind wir in der Überzahl".

Wir verliessen unseren Wagen und gingen auf das Haus zu. Die Hausglocke war nicht beschriftet. Am Briefkasten klebte eine Papieretikette mit mehreren, teilweise durchgestrichenen Namen von vermutlich vorherigen Mietern. Nach genauem Hinsehen konnte man den Namen Strocker darauf ebenfalls entziffern.

Ich drückte die Türklingel, doch nichts geschah. Weder hörte ich die Hausglocke, noch bewegte sich etwas im Innern des Hauses.

„Wenn wir nicht wüssten, dass Strocker zuhause ist, müssten wir annehmen er sei ausser Haus" sagte ich. Da die Klingel offensichtlich defekt war, klopfte ich, nein man würde dem schon eher sagen, polterte ich mit der flachen Hand gegen die Türe. Nach drei oder vier Versuchen und zusätzlichem Rufen bewegte sich endlich etwas im Hausinnern. Alain und ich, wir standen rechts und links neben der Türe, durch die Hausmauer geschützt. Man weiss ja nie, wenn so ein Spinner plötzlich durch die Türe schiesst.

„Herr Strocker, aufmachen, Polizei"! rief ich erneut. Aus Erfahrung weiss ich, dass auch abgebrühte Individuen es nicht sehr schätzen, wenn die ganze Nachbarschaft hören kann, dass die Polizei zu ihnen nach Hause kommt.

Danach schielen die Leute jeweils neugierig hinter den Vorhängen versteckt hervor und schauen zu und hoffen, dass wir ihren Nachbarn anschliessend auch noch mitnehmen. Schadenfreude ist bekanntlich die schönste Freude.

Jedenfalls hat mein Rufen bewirkt, dass der Schlüssel an der Haustüre gedreht wurde und diese sich öffnete. Allerdings nur einen Spalt breit.

„Guten Tag Herr Strocker" begrüsste ich ihn. „Dürfen wir eintreten"?

„Habt Ihr einen Hausdurchsuchungsbefehl"? wollte er wissen, ohne meinen Gruss zu erwidern.

„Wer redet denn von Hausdurchsuchung? Ich habe ihnen ja am Telefon schon gesagt, dass ich nur mit ihnen reden will. Da sie sich weigerten zu mir zu kommen, komme ich eben zu ihnen. Ist doch nett von mir. Oder? Das ist übrigens mein Kollege, Herr Bayard". Stellte ich ihm meinen Begleiter vor.

Daraufhin trat er ein wenig zurück, sodass wir ins Haus schlüpfen konnten.

Wie nicht anders zu erwarten, empfing uns ein fürchterliches Durcheinander in der Wohnung. Alles war schmutzig, unordentlich. Kleider und sonstige Sachen lagen überall herum. In der

Küche, in welche ich beim Vorbeigehen einen Blick werfen konnte, sah es nicht anders aus. Schmutziges Geschirr stapelte sich im Waschbecken und daneben. Selbst der Kochherd war momentan nicht zu gebrauchen, weil auch dieser übersäht war mit Geschirr und Essensresten.

Beat Strocker setzte sich auf die einzige freie Ecke des alten Sofas, ohne uns eine Sitzgelegenheit anzubieten.

„Was wollt ihr? Ich habe meine Strafe abgesessen und bin nun ein freier Mann. Das solltet ihr respektieren. Ich habe mir nichts mehr zu Schulden kommen lassen seither und sehe nicht ein, weshalb ihr zu mir kommt. Soll ich jetzt wegen meiner Vorgeschichte jedes Mal verdächtig sein wenn irgendwo etwas passiert oder wie?

Macht gefälligst eure Arbeit richtig und lasst mich zufrieden. Ich habe nichts zu erzählen".

Versuchte er uns zu provozieren.

„Warum so aufgewühlt und aggressiv? Haben sie ein schlechtes Gewissen dass sie nicht in einem normalen Ton mit uns reden können? Wir reden doch auch ganz normal mit ihnen".

„Finden sie es etwa normal, wenn sie in der ganzen Nachbarschaft herumbrüllen, dass sie zu mir kommen wollen? Wie stehe ich jetzt gegenüber meinen Nachbarn da? Die kennen meine Vorgeschichte schliesslich nicht. Deshalb wäre ein bisschen mehr Rücksicht wohl angebracht".

„Hätten sie auf mein erstes Klopfen reagiert, hätte ich nicht rufen müssen. Das haben sie sich selbst eingebrockt Herr Strocker. Soviel zu diesem Thema. Nun kommen wir zur Sache: Wie und wo haben sie das vergangene Wochenende verbracht"?

Mit grimmiger Miene schaute er zu Boden und sagte vorerst gar nichts. Man merkte aber, dass sein Gedächtnis arbeitete. Plötzlich entschied er sich etwas zu sagen.

„Ich mache von meinem Aussage-verweigerungsrecht Gebrauch und sage gar nichts mehr".

Nach diesem Satz herrschte Funkstille. Alle meine Versuche, ihn mit ganz banalen Fragen zum Reden zu bringen, fruchteten nicht. Er blieb stumm wie ein Fisch und gab keinen einzigen Laut mehr von sich.

„OK", sagte ich schliesslich, „wenn sie nicht mit uns reden wollen, dann müssen wir sie leider mitnehmen. Bitte stehen sie auf und kommen sie mit uns".

Mit einer katzenähnlichen Sprungkraft, die man ihm gar nicht zugetraut hätte, sprang er auf und packte mich am Revers. Ich konnte seinen Schwung ausnutzen und mich leicht abdrehen. Indem ich zudem mein linkes Bein neben seines stellte und mich bückend weiterdrehte, wurde er von seinem eigenen Schwung von den Beinen gehoben. So landete er in hohem Bogen direkt vor meinen Füssen. Jetzt war es eine Kleinigkeit, ihm die Handfesseln anzulegen und ihn abzuführen.

*

Weder auf dem Weg zum Büro, noch später bei der Befragung redete er auch nur ein Wort. Den einzigen Satz der mehrmals über seine Lippen kam, war: „Ich will meinen Anwalt"
Da ich noch vom letzten Mal wusste, wer sein Anwalt war, rief ich Dr. iur. Peter Albisser an. Seine Sekretärin verriet mir, dass Herr Albisser an einem wichtigen Termin sei und nicht gestört werden könne. Er hege aber die Absicht, danach noch im Büro vorbei zu schauen. Sie werde ihm jedenfalls eine Notiz hinterlegen, damit er mich anrufe.
„Dr. Albisser ist besetzt. Wollen sie einen andern Pflichtverteidiger oder bevorzugen sie es, bis morgen zu warten"? fragte ich unseren Angeschuldigten.
Mürrisch wie immer, erwiderte er „ich warte".

Alain hatte inzwischen bereits den Verhaftsrapport und die weiteren Formalitäten erledigt, sodass unser Tatverdächtiger abgeführt und in seine Zelle verbracht werden konnte.

*

„Und, was glaubst du", fragte mich Alain, nachdem wir in unser Büro zurückgekehrt waren. „Ist dein Fall mit dieser Verhaftung gelöst"?

„Es scheint so und schön wäre es auch, wenn ich jetzt endlich Ruhe hätte. Irgendetwas, ich würde sagen, das Bauchgefühl, sagt mir aber, dass wir uns auf dem Holzweg befinden. Ich weiss nicht weshalb, aber es lässt mir einfach keine Ruhe". Gedankenversunken blieben wir beide einen Moment sitzen.

„Komm Alain, es ist Mittagszeit" munterte ich meinen Kollegen mit einem Klapps auf die Schulter auf. „Wir gehen in die Kantine und stärken uns. Vielleicht kommen wir dabei auf andere Gedanken".

Am Nachmittag besprachen wir das ganze Geschehen noch einmal mit unserem Chef. Er gratulierte uns zum guten Gelingen und fügte an:

„Ich bin ja so froh, dass ihr den Kerl erwischt habt, bevor er sein Vorhaben, sie umzubringen, in die Tat umsetzen konnte".

„Noch haben wir keine Beweise, dass wir den richtigen Mann eingesperrt haben" gab ich zu bedenken. „Auch wenn wir das alle nur zu gerne so sehen würden. Bevor nicht feststeht, dass er es war, der mir nach dem Leben trachtet, ist der Fall für mich noch nicht ganz gelöst. Natürlich hoffe auch ich, dass wir den Richtigen geschnappt haben. Noch heute Nachmittag werde ich einen Hausdurchsuchungsbefehl beantragen und ich denke, jetzt reichen die Fakten um einen solchen zu bekommen. Vielleicht sehen wir danach klarer".

„Für mich besteht kein Zweifel" versuchte mir mein Chef einzureden. „Strocker hätte sich nicht so bockig verhalten und hätte sie nicht angegriffen, wenn er nichts zu vertuschen hätte. Nein, wo denken sie hin. Er ist es. Das ist für mich ganz klar. Denken sie nur an die zerschnittenen Illustrierten. Wie will er sich da rausreden? Ich verstehe natürlich ihre Angst, nach all diesen Anschlägen, aber glauben sie mir, sie dürfen ab jetzt wieder ruhig schlafen".

„Ihr Wort in Gottes Ohr" sagte ich noch, ehe wir das Chefbüro verliessen.

In unserem Büro angekommen, schütteten wir mal den Abfallsack auf eine ausgebreitete Plastikfolie aus. Wir untersuchten Stück für Stück und Blatt für Blatt den gesamten Inhalt. Alles was uns weiterbringen könnte, legten wir beiseite, den Rest packten wir in den Sack zurück. Am Schluss blieb uns allerdings ausser den besagten, zerschnittenen Illustrierten und einige, auf dieselbe Art demolierten Werbebroschüren gar nichts anderes. All diese Drucksachen packten wir separat ein und überbrachten sie der Forensik. Dort sollten Spezialisten ausfindig machen, ob es eine Verbindung gibt zwischen den zerschnittenen Drucksachen und den beiden Drohbriefen, bzw. ob die aufgeklebten Buchstaben und Wörter aus einer dieser Vorlagen stammten. Passte die Papierart und deren Zusammensetzung überein? Konnte eines oder mehrere Wörter oder wenigstens ein paar Buchstaben einer dieser Vorlagen zugeordnet werden? Alle diese und weitere Fragen sollten schliesslich die Spezialisten beantworten.

Zurück im Büro, bestellte ich bei der Staatsanwaltschaft noch den besagten Hausdurchsuchungsbefehl für morgen.

Inzwischen waren die Zeiger der Büro Uhr auf 1630 Uhr vorgerückt und ich hatte noch immer nichts von Strockers Anwalt gehört. Da Alain mir versprach, bis ca. 1730 Uhr im Büro zu bleiben, meldete ich mich bei ihm ab. Ich musste ja bekanntlich noch mein Motorrad beim Mechaniker abholen. Nach diesem stressigen Tag, eine schöne Abwechslung die mir bevorstand.

So ging ich dann zu Fuss in Richtung Hauptbahnhof, um im unterirdischen Bahnhof auf Gleis 42 die S-Bahn Nr. 9 zu besteigen.

*

Ich weiss nur zu gut, weshalb ich immer mit dem Motorrad zur Arbeit fahre. Dieser Bahnhof zur Stosszeit ist ein richtiges Wespennest. Ein Horror, zumindest für mich. Da wird gerempelt und gestossen, ein Gedränge als gäbe es kein Morgen und wenn man es schliesslich schafft, einen Zug zu ergattern, dann ist er prall voll, sodass man kaum Platz hat zum Stehen. Dazu kommen all die Gerüche die einem in die Nase steigen. Von warmem bis kaltem Schweiss, von Mundgeruch bis menschlichen Abgasen. Dazwischen gibt es doch tatsächlich noch Menschen, die mittendrinn auch noch etwas essen! So mischen sich auch noch Gerüche von Pizza über Salami und Bier zu den restlichen Düften und man kann froh sein, wenn einem niemand etwas über die Kleider schüttet. Nein, das ist definitiv nichts für mich. Da stehe ich lieber mal in einer Kolonne oder fahre im Schritttempo mit dem Motorrad an einer solchen vorbei.

OK, ich weiss, liebe Leser, das ist verboten. Ich mache es auch nur, wenn genügend Platz vorhanden ist und mit grösster Vorsicht. Natürlich bin ich mir im Klaren, wenn ich mal dabei erwischt werde, dann muss ich halt eine Busse bezahlen, aber immer noch besser als in dieser Menschenmasse zu ersticken.

Heute blieb mir leider nichts anderes übrig als mich in das Getümmel zu stürzen.

*

Gemäss elektronischer Anzeige, sollte meine S-Bahn in vier Minuten einfahren. Somit hatte ich noch Zeit, mich durch die wartende Menschenmasse zu schlängeln und so Richtung Ende des Zuges zu gelangen. Auf diese Weise würde ich am Zielbahnhof direkt bei der Treppe aussteigen, welche zum Bahnhofausgang führt. Im Feierabendverkehr, wenn die Züge in doppelter Länge verkehren, lohnt es sich, am richtigen Ort einzusteigen, vor allem wenn einem noch genügend Zeit bleibt wie mir. Dazu kommt, dass die Menschenmasse, je weiter man nach hinten geht, immer mehr abnimmt. Ich fand sogar eine kleine Lücke und konnte mich ziemlich nahe am Gleis aufstellen. Wenn mir jetzt das Glück auch noch hold wäre und der Zug so anhalten würde, dass genau vor mir die Türe zum Stehen käme, dann hätte ich eine reale Chance auf einen Sitzplatz. Mit solchen unwichtigen Gedanken schlug ich mich herum als der Zug einfuhr. Die Lokomotive war vielleicht noch vier bis fünf Meter von mir entfernt, als ich plötzlich einen wuchtigen Stoss in den Rücken kriegte. Es gelang mir gerade noch, mich abzudrehen um schliesslich seitlich auf den Boden zu prallen. Nur so konnte ich vermeiden, auf dem Bahntrassee unmittelbar vor dem einfahrenden Zug zu landen.

Es war ja nicht das erste Mal, dass ich, aus welchem Grund auch immer, irgendwo auf den Boden gestürzt bin. Was ich aber mit absoluter Sicherheit sagen kann, ist die Tatsache, dass ich in meinem ganzen Leben noch nie so schnell wieder auf den Beinen war. Sofort sah ich mich um, konnte aber keinen Flüchtenden sehen. So sprang ich ein paar Treppenstufen Richtung Bahnhofpassage hinauf um einen besseren Ausblick über die vielen Menschen zu erhaschen.

Da! Jetzt sah ich ihn. Er trug ein graues Kapuzen Shirt. Mehr konnte ich von ihm nicht sehen. Es lagen ca. 50 Meter zwischen ihm und mir. Er rannte so schnell es ging, ohne Rücksicht auf die unzähligen Pendler die den Durchgang verstopften. Nach rechts und links schubste er die Leute die ihm im Weg standen. Mehrere davon, hauptsächlich ältere Leute, fielen zu Boden. Ich hoffte natürlich heimlich, dass ihn jemand stoppen würde. Mensch! Gibt es denn keine gestandenen Männer mehr die diesen Burschen aufhalten können? Was sind wir nur für eine Weicheier-Gesellschaft. Jeder schaut weg wenn etwas passiert. Die Leute bleiben zwar bei jedem Ereignis stehen und schiessen wie wild Fotos mit Ihren Handys, aber wenn es darauf ankommt, hat niemand etwas gesehen. Ich konnte schliesslich nicht wie er, die Leute einfach umstossen. Trotzdem nahm ich verzweifelt die Verfolgung auf. Er rannte zur Rolltreppe in Richtung Sihlquai. Wenn man nun bedenkt, dass ich mich genau am andern Ende des unterirdischen Bahnhofes befand, und die

Gasse die sich bei seiner Flucht durch die Menschenmasse gebildet hatte, sich ebenso schnell wieder schloss, so war meine Aktion zum Vornherein zum Scheitern verurteilt. Zum Glück habe ich eine Körperlänge von über 190 cm. So konnte ich immer wieder zwischen den vielen Köpfen hindurch einen Blick auf die graue Kapuze erhaschen und jedes Mal schien sie mir weiter weg. Keine Frage, der Abstand zwischen uns vergrösserte sich. Schon sah ich ihn die lange Rolltreppe hinauf rennen, wobei er auch dort eine ältere Frau umstiess. Andere Leute kümmerten sich um die Frau und jemand drückte den Notstopp-Knopf und die Treppe stand still. Ich sah, wie der Kapuzenmann die zwei drei letzten Stufen nahm und danach verschwand aus meinem Gesichtsfeld. Durch die stehende Rolltreppe und die darauf befindlichen Leute wurde ein schnelles Durchkommen meinerseits im Keime erstickt. Es blieb mir nichts anderes übrig, als widerwillig zu kapitulieren.

*

Irgendwann schaffte ich es, die Bahnhofpassage Seite Sihlquai zu verlassen. Beim Restaurant Vorbahnhof gelangte ich zur ZVV Haltestelle Sihlquai. Ein 17er Tram verliess gerade die Haltestelle in Richtung Limmat Platz. Ein 13er stand in der Haltestelle in gegengesetzter Richtung. Klar, spähte ich trotzdem in dieses Tram aber es war zum Bersten voll und ich konnte nirgends eine graue Kapuze sehen. Vermutlich hatte er es bereits auf ein früheres Tram geschafft, wenn überhaupt. Es gab noch unzählige andere Fluchtmöglichkeiten und niemand konnte mir sagen ob er nach der Rolltreppe nach rechts, in Richtung Sihlquai oder nach links in Richtung Sihlpost geflüchtet war. Alles war nur noch Spekulation. Was blieb, war Frust pur.

*

Nach erstem Verdauen der Niederlage, machte ich mich auf den Weg, zurück zum Bahnhof. Ich rief Alain an und erzählte ihm was passiert war.

„Mein Bauchgefühl scheint mich nicht getäuscht zu haben. Ich sage dir, wir sind am Falschen dran. Diesmal war es mit Sicherheit derselbe Typ den ich schon beim Platzieren des Peilsenders erwischt habe. Diesen Mann müssen wir finden. Erst dann ist der Fall gelöst. Natürlich kann er auch ein Helfer des wirklichen Anstifters sein, doch glaube ich nicht, dass einer der mir ans Lebendige will, einen Helfer als Killer engagieren und bezahlen kann. Nein. Nach allen Überlegungen komme ich zum Schluss, dass wir den falschen Verdächtigen eingesperrt haben. Dass dies passiert ist, muss er sich aber grossenteils selbst zuschreiben. Hätte er normal mit uns geredet, wüssten wir vielleicht schon mehr und er wäre auf freiem Fuss. Wollen wir mal sehen wie es morgen weiter geht".

„Übrigens", fügte Alain noch bei, „hat sich der Anwalt von Strocker noch immer nicht gemeldet. Ich werde jetzt aber nicht mehr länger warten und ebenfalls Feierabend machen. Ich denke, dass er sich morgen sicher melden wird".

„Ja, das denke ich auch. Ich wünsche dir noch einen schönen Abend und bis morgen".

„Tschüss, bis dann."

*

Auf dem Rückweg zum Gleis 42, direkt unterhalb der langen Rolltreppe, noch ausserhalb des grossen Getümmels traf ich zwei Frauen und einen Mann welche am Boden kauerten und sich um eine alte Frau kümmerten, welche am Boden lag und offensichtlich nicht mehr in der Lage war, aufzustehen. Ich wies mich aus und die Betreuer erklärten mir, dass die Frau von einem Wahnsinnigen umgestossen worden sei und mit dem Knie offensichtlich so stark aufgeprallt war, dass Sie nicht mehr stehen könne. Die Ambulanz sei verständigt und werde demnächst eintreffen. Ich nahm die Personalien der Frau und diejenigen der drei Helfer auf und versprach ihnen, den, wie sie ihn genannt hatten, „Wahnsinnigen" zu finden. Ich fragte noch, ob jemand der Anwesenden den Mann gesehen habe und ihn allenfalls beschreiben könne. Leider ohne Erfolg. Das einzige was ich erfahren konnte war, dass der Mann ein graues Shirt mit einer Kapuze trug. Das half mir zwar auch nicht wirklich weiter, aber es bestätigte mir meine eigene Beobachtung.

Dasselbe Bild wiederholte sich ca. 50 Meter weiter vorne noch einmal. Allerdings lag da ein alter Mann am Boden und war kaum mehr ansprechbar. Auch er war gestürzt, nachdem er massiv weggeschubst worden war. Dabei schlug er mit dem Kopf auf dem Boden auf und blutete stark am Hinterkopf. Leider, so sagte mir meine Erfahrung, musste man in diesem Falle von einem Schädel-/Hirntrauma ausgehen. Hoffen wir, dass der Mann das überlebt. Bei ihm befand sich sogar ein Arzt, Dr. Theo Weiss, wie er sich mir vorstellte.

„Ich war zufällig hier auf dem Perron als es geschah. Ich befand mich ca. drei Meter vor dem jetzt verletzten Mann. Ich sah, wie ein Typ sich von hinten dem Mann näherte. Was heisst näherte, er bahnte sich wie von einer Tarantel gestochen einen Weg durch die Menschenmenge, indem er unzählige Leute einfach wegstiess. Nicht anders bei diesem betagten Mann er riss ihn förmlich von hinten am Arm zur Seite. Der Mann verlor dadurch das Gleichgewicht und stürzte rückwärts zu Boden. Dabei schlug er hart mit dem Kopf auf den Boden auf. Einen Moment lang wusste ich nicht genau, was ich tun sollte. Den Flüchtenden aufhalten, oder dem Gestürzten zu Hilfe eilen. Schliesslich hat der Arzt in mir gesiegt und ich bin zu dem Mann geeilt. Ich hoffte natürlich, dass irgendwelche Passanten diesen Verrückten aufhalten würden aber wie es scheint ist Zivilcourage heute leider zu einem Fremdwort geworden".

„Da haben Sie recht. Ich kann nicht glauben, dass ein einzelner Mann, sich auf diese Weise einen Weg durch hunderte, ja vielleicht sogar tausende Leute bahnen kann, ohne aufgehalten zu werden".

Jetzt erschienen drei uniformierte Polizisten auf dem Platz. Eine grossgewachsene, hübsche blonde Frau, schätzungsweise 30-35 jährig, in Begleitung zweier ganz junger Kollegen welche vermutlich vor kurzem die Polizeischule hinter sich hatten, oder sich sogar noch in Ausbildung befanden und im Bahnhof ein Praktikum absolvierten. Sie hatten offensichtlich den Auftrag den Tatbestand aufzunehmen und einen entsprechenden Rapport zu schreiben.

Da ich weder die Frau, noch die beiden jungen Polizisten kannte, wies ich mich aus. Die Polizistin ihrerseits stellte sich mir vor als Fabienne Manser.

„Ich bin von der Mordkommission und schon einige Zeit hinter diesem Täter her. Wir gehen davon aus, dass es sich bei ihm um einen ganz gefährlichen Kriminellen handelt, der auch vor einem Mord nicht zurück schreckt. Ich bitte Euch deshalb, alles was ihr wisst und heute noch herausfinden könnt, schon in der kommenden Nacht zu rapportieren. Auch ist es von grosser Wichtigkeit, nicht nur die Personalien der beiden Verletzten, sondern auch diejenigen der Helfer zu erfassen. Ich brauche morgen früh dringend eine Kopie dieses Rapportes. Schafft ihr das"?

„Ich denke schon" antwortete die Polizistin. „Wir haben Spätdienst, bis 01:00 Uhr. Da sollte es möglich sein, diesen Rapport zu schreiben. Falls wir in dieser Nacht noch nicht alle Details zusammen bekommen, könnten wir zur Not eventuell auch einen Entwurf des Rapportes schicken"?

„Das ist auch OK. Sicher." Beruhigte ich sie, da ich merkte, dass sie Anzeichen von Nervosität zeigte. Möglich, dass dies hier der bisher grösste Fall war für sie oder sie wollte einfach keinen Fehler machen und sich keine Blösse geben als Leiterin der beiden Nachwuchsbeamten.

Inzwischen waren auch zwei Dreierteams der Sanität eingetroffen und kümmerten sich um die Bergung und den Abtransport der beiden Verletzten.

„Ach ja, und noch etwas" richtete ich mich an die uniformierten Kollegen, „der Vorfall hat genau um 17:07 Uhr begonnen, als die S9 eingefahren ist. Dieser Bahnhof ist ja überall mit Kameras bestückt. Sorgt bitte dafür, dass ich sämtliche Aufzeichnungen bekomme von 16:50 bis 1720 Uhr. Nicht nur von hier unten, auch diejenigen vom Bahnhof Eingang Sihlpost bis zum Ausgang Gessnerallee. Diese Aufzeichnungen sind sehr, sehr wichtig für mich. Damit könnt ihr einen grossen Beitrag zum erfolgreichen Abschluss dieses und noch weiterer Verbrechen leisten. Vielen Dank im Voraus".

„Ist OK" sagte die Polizistin. „Diese Aufzeichnungen muss ich aber bei der SBB bestellen und bekomme sie sicher nicht mehr in der kommenden Nacht".

„Einverstanden. Ich will einfach die Sicherheit haben, dass die Aufzeichnungen nicht verloren gehen. Es ist bis jetzt die heisseste Spur zum Erfolg. Ich erhoffe mir sehr viel davon".

„Ist gut. Ich werde, falls ich niemanden mehr erreiche heute, ein Fax an die zuständige SBB Abteilung schicken, dann können sie die Bilder morgen schon mal sichern. Ich werde sie in dein Büro weiterleiten, sobald ich sie bekomme. Erfahrungsgemäss kann das aber zwei bis drei Tage dauern".

„Das ist mir zu lange. Schicke bitte wie abgemacht das besagte Fax und schreibe Adresse und Telefonnummer dieser Abteilung in den Rapport. Dann werde ich mich morgen früh selbst mit diesen Leute in Verbindung setzen und versuchen das Ganze zu beschleunigen".

Daraufhin verabschiedete ich mich von den Anwesenden und begab mich in Richtung S9.

*

Glücklich über die Tatsache, dass ich nun wieder mit meinem Motorrad zur Arbeit fahren konnte und nicht mehr in dieses Gedränge musste, fuhr ich am folgenden Morgen entspannt an meinen Arbeitsplatz. Dort angekommen begab ich mich sofort in unser internes Post Büro. In diesem befanden sich unsere persönlichen Postfächer und auch das Faxgerät. Wie ich feststellen konnte, hatte schon jemand die Post verteilt, denn in meinem Fach lag der Entwurf des gestern in Auftrag gegebenen Rapportes. Zwar fehlten noch einige Details aber im Grossen und Ganzen war der Rapport sehr gut und aussagekräftig abgefasst. Genauso, wie ich mir einen Rapport vorstelle. Nicht mit unnötigen Ausschweifungen und Erklärungen, sondern kurz aber vollständig mit allen nötigen und brauchbaren Fakten. Ich werde mich später bei der Verfasserin bedanken und ihr für die gute Arbeit gratulieren. Ich weiss noch aus meinen Anfängen bei der Polizei, dass solche positive Rückmeldungen aus den Fachgruppen für einen jungen Polizisten ein Aufsteller bedeuten und ihn durchaus dazu motivieren können, weiterhin bestmögliche Arbeit abzuliefern.

Mit der Rapportkopie in der Hand, begab ich mich ins Chefbüro. Ich erzählte meinem Vorgesetzten was sich gestern Abend im Hauptbahnhof abgespielt hatte. Als ich meine Ausführungen beendet hatte, bildeten sich einmal mehr, ziemlich tiefe Falten auf seiner Stirn. Scheinbar wurde ihm klar, dass er gestern zu euphorisch gewesen war nach der Verhaftung von Beat Strocker. Offensichtlich wusste er momentan auch keine Lösung denn er blieb stumm und schien sich unser weiteres Vorgehen zu überlegen.

„Ich denke, wir machen weiter wie vorgesehen" unterbrach ich die Stille. „Sobald ich einen Termin mit Strockers Anwalt bekomme, werde ich ihn einvernehmen. Ich gehe aber davon aus, dass er nach der Einvernahme auf freien Fuss gesetzt werden muss".

Als erstes werde ich mir aber auf schnellstem Weg die Videoaufzeichnungen aller Überwachungskameras besorgen. Ich hoffe sehr, dass ich den Täter darauf identifizieren kann. Er muss mir ja auf dem Weg zum Bahnhof gefolgt sein. Es ist schliesslich nicht üblich, dass ich mit dem Zug pendle. Er konnte demzufolge auch nicht wissen, dass ich am Bahngleis warten würde".

„Ja, ich denke, es bleibt uns nichts anderes übrig" fügte er bei. „Wollen wir doch hoffen, dass sich die Aufzeichnungen als wertvoll erweisen und wir dadurch endlich einen Schritt vorwärts kommen".

*

„Guten Morgen Herr Kommissar, bist du auch endlich aufgestanden"? begrüsste mich Alain, in einem singenden Ton als ich in unser Büro trat.

„Ich kann es mir erlauben, ein wenig später zur Arbeit zu erscheinen. Durch meine effiziente Arbeitsweise brauche ich eben weniger Zeit als andere" gab ich ihm ebenso scherzhaft zurück.

Ich erzählte meinem Kollegen alles was sich gestern nach unserem Telefonat im Bahnhof noch zugetragen hatte.

„Darf ich dich bitten, den gestrigen Vorfall am Bahnhof, mit den beiden Verletzten, zu übernehmen? Von der Frau werden wir vermutlich einen Strafantrag brauchen. Beim verletzten Mann hingegen können wir von einem Offizialdelikt ausgehen, dort handelt es sich um eine schwere Körperverletzung, wenn nicht sogar um ein Tötungsversuch. Es ist zudem nicht auszuschliessen, dass der Mann seinen Verletzungen erliegt, dann ist die Tötung vollendet. Das heisst, wir müssen von Amtes wegen aktiv werden, auch ohne Strafantrag. Kann ich dir das überlassen, damit wir alles zusammen haben, wenn wir den Täter dann schnappen? Irgendwie spüre ich, dass wir nicht mehr weit davon entfernt sind".

„Ja, selbstverständlich. Ich werde mich mal schlau machen wo die Verletzten untergebracht sind und mich nach deren Befinden erkundigen. Dann entscheide ich, wie ich weiter vorgehen werde".

Als Alain mir seine Zustimmung gegeben hatte, hielt ich bereits den Telefonhörer in der Hand und stellte die Nummer des SBB Büros ein, welches sich um die Aufzeichnungen der Überwachungskameras kümmert. Ich sass wie auf Nadeln und musste so schnell wie möglich an diese Aufzeichnungen ran kommen.

„Sicherheitsbüro SBB, Müller" meldete sich nach kurzem Läuten eine Stimme. Ich konnte sie beim besten Willen nicht ins Schema Mann oder Frau einordnen. Somit konnte ich auch nicht Guten Morgen Herr oder Frau Müller sagen, denn es wäre mir peinlich, wenn ich das Geschlecht des Gesprächspartners verwechseln würde.

„Guten Morgen" sagte ich deshalb ohne den Namen anzuhängen. Mein Name ist Buck. Ich bin von der Mordkommission der Zürcher Polizei. Sicher haben sie vergangene Nacht von meiner Kollegin, Fabienne Manser, ein Fax bekommen wegen der Sicherstellung von Aufzeichnungen der Überwachungskameras im Hauptbahnhof. Ist das richtig"?

„Ja, das ist so. Der Auftrag liegt direkt vor mir. Ich habe ihn soeben studiert. Wenn ich das richtig verstehe, möchten sie sämtliche Aufzeichnungen von gestern für den Zeitraum 16:50 – 17:20 Uhr, von allen Kameras des Perrons 41/42, sowie von denjenigen im Durchgang Sihlpost bis Sihlquai. Habe ich das richtig gelesen"?

„Das ist genau richtig. Besser hätte ich es nicht sagen können."

„Wissen sie auch was sie da verlangen"? Meinte er und seine Stimme wurde um zwei Dezibel lauter. Dies hatte den Vorteil, dass ich jetzt immer mehr eine hohe Männerstimme dahinter erkannte. „Das ist ein Riesenaufwand für mich" fuhr er in seiner Aufregung fort. „Das sind ja mehr als 10 Kameras die dieses Feld abdecken. Ich denke, der ganze Vorfall hat sich auf Perron 41/42 abgespielt. Da würden die dortigen Aufzeichnungen doch wohl reichen oder etwa nicht"?

„Leider nein" sagte ich. Wenn wir den Täter hätten, dann wäre das OK, denn dann bräuchten wir nur den Ablauf des Geschehens. So aber sind wir auf die andern Bilder angewiesen. Wir wissen nämlich, dass der Täter von Seite Sihlpost kam und möglicherweise den Tatort danach via Sihlquai verlassen hat. Vielleicht ist er aber auch wieder via Sihlpost weggelaufen das werden wir sehen".

„Und warum braucht ihr denn das ganze Material, wenn ihr schon wisst, dass er von der Sihlpost her gekommen ist"? Fragte er noch immer ganz aufgebracht.

Langsam brannten mir die Sicherungen durch. Ich wurde deshalb ein wenig deutlicher.

„Wissen sie was? Ich habe keine Lust, ihnen meine Arbeitsweise zu erklären. Sie machen jetzt einfach ihre Arbeit und ich mache meine. Ich zähle darauf, bis heute Abend im Besitze dieser Aufzeichnungen zu sein".

„Das ist unmöglich. Zudem lasse ich mir von Ihnen keine Befehle erteilen. Bis ich alle diese Filmsequenzen herausgeschnitten habe, brauche ich mindestens drei Tage. Basta!".

„Soll ich ihnen jemanden schicken der ihnen dabei hilft? Würde dies etwas bringen"?

„Machen sie Witze"? empörte er sich.

„Nein, das ist mein voller Ernst" fügte ich bei „oder wollen sie es verantworten, wenn der Mann in den nächsten zwei Tagen noch weitere Leute umbringt nur weil wir auf die Videoaufzeichnungen warten mussten"?

„Nein, natürlich nicht. Ist er denn so gefährlich? Hat er schon jemanden umgebracht"? fragte er verdattert.

„Ja natürlich ist er gefährlich. Würde ich sonst dermassen auf die Bilder pochen?"

Diese These schien ihn endlich zu überzeugen.

„OK, dann werde ich mich an die Arbeit machen und sehen, ob ich eventuell heute noch damit fertig werde".

„Vielen Dank, Herr Müller. Das wäre sehr nett. Also, bis heute Abend".

„Na, geht doch"! Sagte ich zu mir selbst nachdem ich den Telefonhörer aufgelegt hatte. Inzwischen war ich überzeugt, dass es sich bei meinem Gesprächspartner um einen Mann mit hoher Stimme handelte und wagte deshalb, ihn Herr Müller zu nennen.

*

Kaum hatte ich aufgelegt, schrillte mein Telefon erneut. „Zürcher Polizei, Mordkommission, Buck" meldete ich mich einmal mehr.

„Albisser am Apparat" vernahm ich eine resolute Stimme die, anders als zuvor, keine Zweifel über die Männlichkeit des Besitzers aufkommen liess. „Ich sollte sie anrufen wegen meines ehemaligen Mandanten, Beat Strocker. Was ist mit ihm"?

„Wir haben ihn gestern unter dem Verdacht eines Tötungsdeliktes und des Tötungs-versuches, sowie weiterer Delikte, eingesperrt. Nun will er sie sprechen" klärte ich den Anwalt auf. „Anschliessend steht natürlich die Einvernahme an".

„Moment, ich schaue in meiner Agenda nach" liess er mich wissen. Dann schwieg er für einige Sekunden. „Ja, hm", seufzte er „das sieht schlecht aus. Was denken sie? Wie lange werden sie für die Einvernahme brauchen"?

„Wenn er bereit ist zu kooperieren, nicht sehr lange. Sagen wir, vielleicht zwei Stunden".

„OK, ich habe zwar heute Nachmittag einen Termin, den ich aber im schlimmsten Fall schieben kann. Um 13:30 Uhr könnte ich bei ihnen sein. Wäre das für sie in Ordnung"?

„Perfekt! Vielen Dank, dass sie sich die Zeit nehmen. Bis dann, auf Wiederhören Herr Albisser".

Ich hatte den Hörer kaum zurückgelegt, läutete es bereits wieder.

„Was ist denn heute los? Sind wir etwa eine Telefonzentrale"? sagte ich leicht empört, nahm aber den Anruf trotzdem entgegen. Diesmal war es intern, von der Forensik.

„Buck", meldete ich mich kurz.

„Gautschi" antwortete der Kollege ebenso knapp.

„Hallo Pius, hast du mir gute Neuigkeiten"? fragte ich.

„Neuigkeiten ja, aber ob sie gut sind muss ich dir überlassen."

„Das tönt ja nicht gerade euphorisch. Komm sag schon, was hast du"?

„Ich kann jetzt mit Sicherheit sagen, dass die Drohbriefe an dich nicht aus dem mir überbrachten Material ausgeschnitten sind".

„Das habe ich mir schon fast gedacht. Auch wenn ich es mir anders gewünscht hätte. Danke für deine prompte Arbeit. Ich werde den Angeschuldigten heute Nachmittag einvernehmen und da weiss ich wenigstens, dass ich nicht lange auf diesem Thema herumhacken muss. Danke und Tschüss".

*

Es war noch nicht ganz 13:30 Uhr als mich
unser Portier anrief.

„Hallo Franz" meldete er sich. Ein gewisser
Herr Albisser ist hier und möchte zu dir".

„Ich komme sofort" nach diesen kurzen Worten
legte ich auf und begab mich ins Parterre zum
Haupteingang.

Beat Strocker hatte ich schon früher aus dem
Polizeigefängnis zu uns überführen lassen. Er
wartete in einer Abstandszelle in der Nähe
unseres Büros.

„Grüezi Herr Albisser" begrüsste ich den
Anwalt. Diesem schien es sehr gut zu gehen,
denn seit ich ihn das letzte Mal gesehen hatte,
anlässlich der Gerichtsverhandlung mit Beat
Strocker vor gut fünf Jahren, hatte er
mindestens 10 Kilogramm zugelegt.

„Grüss Gott Herr Buck. So sieht man sich halt
immer wieder. Was ist mit Strocker, hat er
wirklich jemanden umgebracht? Ist da etwas
dran"? fragte er mich als wir mit dem Lift in
die vierte Etage fuhren.

„Das wollen wir ja gerade herausfinden" gab
ich ihm zur Antwort, ohne näher auf die
Umstände einzugehen. Dann führte ich den
Anwalt zu seinem Mandanten.

„Ich schliesse die Türe" sagte ich. „Drücken Sie bitte den Klingelknopf wenn sie zur Einvernahme bereit sind". Mit diesen Worten liess ich die beiden alleine.

Ich begab mich in mein Büro wo Alain schon am PC sass. Zusammen hatten wir die Einvernahme vorbereitet und Alain hatte sich zur Verfügung gestellt, als Sekretär zu wirken, damit ich mich auf die Fragen konzentrieren und die Mimik von Strocker beobachten konnte, ohne durch den Schreibkram abgelenkt zu werden. Ein solches Vorgehen hat sich schon oft ausbezahlt und sollte meines Erachtens zwingend sein. Leider sehen das nicht alle so. Vor allem die höheren Vorgesetzten sind da teilweise anderer Meinung.

*

Es vergingen kaum zehn Minuten als die Glocke der Abstandszelle läutete. Ich öffnete die Türe und führte den Angeschuldigten mit seinem Anwalt in unser Büro.

Es folgten die üblichen Formalitäten mit den Rechtsbelehrungen, Personalien usw.

„Herr Strocker, können sie sich vorstellen, weshalb sie hier sind? Begann ich die eigentliche Befragung.

„Nein, nicht im Geringsten. Wahrscheinlich muss ich jetzt jedes Mal hinhalten wenn irgendwer Scheisse gebaut hat", antwortete er in einem ziemlich unwirschen Ton.

„Wie haben sie das vergangene Wochenende verbracht"? fuhr ich unbeeindruckt fort.

„Zuhause" kam die kurze Antwort.

„Den ganzen Samstag und Sonntag? Sie haben das Haus gar nie verlassen während dieser beiden Tage? Soll ich ihnen das glauben"?

„Ob sie es glauben oder nicht, ist mir scheissegal. Machen sie was sie wollen".

„Warum lügen sie mich an? Haben sie etwas zu verbergen"?

„Nicht dass ich wüsste. Was soll ich zu verbergen haben? Ich habe nichts getan".

„Dann erzählen sie keine Märchen. Am Samstag waren sie nicht zuhause".

„Wieso wollen sie das wissen? Waren sie bei mir zuhause"?

„Das steht hier nicht zur Diskussion. Wo waren sie am Samstag" doppelte ich nach.

„OK, ich war im Kanton Bern und jetzt? Ist das etwa verboten"?

„Na also. Warum nicht gleich Herr Strocker. Wo waren sie und was haben sie im Kanton Bern gemacht"?

„Ich war in Büren an der Aare wenn sie das interessiert".

„Jetzt lassen sie sich nicht alle Würmer aus der Nase ziehen. Was haben sie dort gemacht"?

„Wie sie vielleicht wissen, bin ich noch immer im Schützenverein und dort war ein Schützenfest an welchem ich teilgenommen habe. Dämmert es jetzt endlich bei ihnen"?

Durch seine unnötigen Bemerkungen liess ich mich nicht provozieren, sondern setzte meine Befragung in Ruhe fort.

„Und das kann jemand bezeugen"?

Ein paar hundert Schützen und Zuschauer können das bezeugen. Zudem habe ich einen Kranz geschossen und den kann ich ihnen zeigen, falls sie wissen was das ist". Er blieb weiter angriffslustig.

„Kommen wir zu einem anderen Thema. Wer ist Pius Eckert" fuhr ich fort.

„Nie gehört. Wer soll das sein"?

„Er wohnt in Wettingen. Sagt ihnen das nichts"?

„Keine Ahnung von was sie da quasseln. Diesen Typen kenne ich nicht, ob sie es nun glauben oder nicht".

„Sie haben in Ihrem Abfall viele zerschnittene Illustrierte und sonstige Schriftstücke entsorgt", wechselte ich erneut das Thema. „Was haben sie ausgeschnitten"?

„Was soll das? Schnüffeln sie jetzt schon in meinem Abfall herum? Das geht sie überhaupt nichts an. Ich kann meine Drucksachen so klein zerschneiden wie ich will".

„Nicht wenn Sie so etwas produzieren". Dabei legte ich ihm einen der Drohbriefe vor seine Augen.

„Nein, nein, so nicht" rief er aus und schwenkte die Hände wie ein Fahnenschwinger im Fussballstadion. „Das lasse ich mir nicht anhängen. Damit habe ich nichts zu tun. Was wollen sie eigentlich von mir? Ich habe ihnen von Anfang an gesagt, dass ich nichts getan habe und dabei bleibt es".

„Dann sagen sie mir doch bitte, was sie mit den Zeitungsausschnitten gemacht haben" fragte ich nach.

„Muss ich das"? fragte er und schaute hilflos seinen Verteidiger an.

„Wenn sie nichts zu verbergen haben, wäre es sicher von Vorteil" ermunterte ihn dieser. „Sie müssen sich aber nicht selbst belasten".

„Also gut" erwiderte er. „Ich wollte es eigentlich nicht, oder besser gesagt, noch nicht an die grosse Glocke hängen. Ich habe schon im Gefängnis begonnen Collagen anzufertigen.

Dafür schneide ich Farben und Buchstaben aus Illustrierten heraus und klebe sie auf Papier. So entstehen schlussendlich Bilder. Wenn ich dann mal einen geeigneten Raum dafür finde, mache ich eine Vernissage. Bis dahin wollte ich es aber unter dem Deckel halten. Das geht niemanden etwas an".

Irgendwie, so schien es mir, schämte er sich als „harter Brocken" den er nach aussen zeigte, so etwas Zierliches zu kreieren.

„Das ist doch schön" versuchte ich ihn aufzumuntern. „So haben sie wenigstens ein Hobby und kommen nicht auf dumme Gedanken. Kann ich diese Collagen einmal sehen"? Fragte ich interessiert.

„Die stehen zurzeit noch in meinem Keller. So wie ich sie kenne, wollen sie ja sowieso noch eine Hausdurchsuchung bei mir machen, Dabei werden sie die Bilder sehen".

„Gut so" sagte ich abschliessend. „Möchten sie dieser Befragung noch etwas zufügen oder berichtigen"?

Ohne etwas zu sagen schüttelte er den Kopf.

„Gibt es seitens der Verteidigung noch etwas zuzufügen", fragte ich vorschriftsgemäss.

„Nein, keine weiteren Fragen oder Bemerkungen" erwiderte Peter Albisser.

„Ich werde mit dem Staatsanwalt Rücksprache nehmen und gehe davon aus, dass sie danach auf freien Fuss gesetzt werden. Solange müssen sie aber noch bei uns ausharren. Wir werden sie anschliessend nach Hause begleiten und uns bei ihnen kurz umsehen. Dafür haben wir einen HD-Befehl kommen lassen. Wenn sie mitspielen, wird es eine kurze Sache. Sind sie mit diesem Vorgehen einverstanden"?

„Hab ich denn eine Wahl"? Fragte er, obwohl wir alle die Antwort kannten.

„Nein, eigentlich nicht" fügte ich an. Daraufhin verabschiedete sich der Anwalt und Alain brachte Beat Strocker in seine Zelle zurück.

*

Wie nicht anders zu erwarten, konnten wir nach Rücksprache mit dem zuständigen Staatsanwalt die Austrittspapiere ausstellen. Alain holte Beat Strocker im Polizeigefängnis ab und wir fuhren mit ihm nach Schwamendingen.

„Wir wollen es kurz machen. Was mich am meisten interessiert sind ihre Waffen und die Auszeichnung vom Schützenfest vom letzten Samstag".

„Was heisst hier „Meine Waffen"? Sie reden da als hätte ich ein ganzes Arsenal davon. Ich habe mein Sturmgewehr wie fast jeder richtige Schweizer. Schliesslich habe ich Militärdienst geleistet. Weitere Waffen besitze ich nicht".

„Dann zeigen sie es mir doch mal ich möchte es sehen".

Er ging voran die Treppe hinauf in den ersten Stock. Dort betraten wir sein Schlafzimmer und er holte die besagt lange Tasche unter seinem Bett hervor. Er öffnete den Reissverschluss und zeigte uns sein Sturmgewehr.

„Na, sind sie jetzt zufrieden" sagte er noch immer ziemlich gereizt. Dabei hielt er uns seine Kranzauszeichnung entgegen, welche sich ebenfalls noch immer in dieser Tasche befand.

„Bis dahin ist alles in Ordnung. Nun möchte ich aber noch einen Blick in ihren Keller werfen".

Wiederum ging er voran, die beiden Treppen hinunter vom ersten Stock in den Keller.

Tatsächlich standen da sicher zehn bis zwölf Bilder, bzw. Collagen, wie er sie beschrieben hatte. Mir blieb buchstäblich die Spucke weg. Darunter waren sowohl Landschaften von Sonnenuntergängen am Meer, bis zu Portraits und modernem Kubismus. Alles aus ganz kleinen Papierschnitzels geklebt. Viel schöner als jedes Mosaik.

„Ich bin ganz ehrlich überrascht, Herr Strocker. So eine Begabung hätte ich ihnen mit bestem Willen nicht zugetraut. Die Bilder sind richtig schön. Gratuliere. Machen sie weiter so. Ich bin mir sicher, damit werden sie Erfolg haben. Das ist keine Höflichkeitsformel von mir, ich meine das ganz im Ernst. Ich habe bisher noch nie Collagen in dieser Art gesehen. Chapeau"!

„Da sehen sie nur wie schlecht sie die Leute kennen mit denen sie zu tun haben. Für sie sind doch alles Kriminelle und sie stopfen sie alle in denselben Topf".

„Auch wenn es nicht ganz so ist, so drückt halt doch eine gewisse Déformation Professionelle durch. Da kann man nicht viel dagegen tun. Ich werde so oft in meinem Beruf von Menschen enttäuscht. Diese Begegnung mit ihnen hingegen, zähle ich zu den schöneren Erlebnissen, wenn es auch am Anfang nicht so ausgesehen hat. Ich bin mir aber sicher, dass ein Mensch, der so tolle Sachen basteln kann, im Grunde kein schlechter Mensch sein kann".

„Ist die Predigt jetzt beendet"? wollte er wissen.

„Ich würde mich jetzt nämlich gerne von ihnen

verabschieden, wenn möglich ohne „Auf Wiedersehen".

„Nichts würde mich mehr freuen als ihnen für immer Adieu sagen zu können. Ich wünsche ihnen noch viel Erfolg mit ihren Bildern".

Mit diesen Worten verabschiedeten wir uns und fuhren in die City zurück, wo inzwischen so richtig der Stossverkehr eingesetzt hatte.

*

Am nächsten Morgen fand ich einen Umschlag mit zwei CD's in meinem Postfach. Darin befand sich auch ein Schreiben von Fabienne Manser.

„Herr Müller hat die Aufzeichnungen gestern Abend um 19:00 Uhr auf dem Posten im Hauptbahnhof vorbei gebracht. Ich dachte mir, dass du sie so schnell wie möglichst brauchst und habe sie deshalb eigenhändig zur Kripo gebracht. Ich hoffe, du hast Erfolg damit- Gruss Fabienne".

Ich wollte ihr kurz danken, als ich bemerkte, dass ich mein Handy vergangene Nacht nicht aufgeladen hatte und dieses jetzt in den letzten Zügen war. Sofort schloss ich es am Strom an.

Nach dem Frührapport machte ich mich unmittelbar daran, die Aufnahmen zu sichten. Ich begann mit der Kamera Seite Sihlpost, während Alain mit der zweiten CD, Seite Sihlquai begann.

Es dauerte nicht lange, bis ich mich selbst sah und 20-30 Meter hinter mir den Kapuzenmann mitten in der Menschenmasse erblickte. Er folgte mir durch die Unterführung. Zum Glück trug er diese, für die Jahreszeit doch sehr ungewöhnliche Kleidung, so war er viel leichter auszumachen. Die Kameras verfolgten ihn bis zum Perron 42. Dort konnte man sehen, wie er sich von hinten an mich heranschlich und mir immer näher kam. Alain hatte längst aufgehört zu suchen und schaute gebannt auf meinen Bildschirm. Den Rest des Vorfalles kennen wir. Er war es, der mich vor den einfahrenden Zug schubsen wollte das sah man ganz genau.

Bitte entschuldigen Sie, liebe Leser, aber einmal mehr musste ich über unsere Datenschützer fluchen.

Zwar sahen wir den ganzen Ablauf, wie er sich zugetragen hatte und auch die Flucht des Täters welcher den unterirdischen Bahnhof tatsächlich Seite Sihlquai verlassen hat, aber sein Gesicht war nur ganz schemenhaft zu sehen. Auch unsere Spezialisten waren nicht in der Lage, sein Gesicht nur annähernd klar auszudrucken, sodass man den Mann hätte erkennen können.

Manchmal frage ich mich schon, warum man so schlechte Aufnahmen produzieren muss, nur weil vielleicht mal ein verheirateter Mann mit seiner Freundin sichtbar würde? Oder weil ein ranghoher Politiker irgendwo zu sehen wäre wo er vielleicht nicht sein sollte? Klar, darum geht es schlussendlich. Dabei dürfen wir ja nicht vergessen, dass die Aufnahmen ja nur sichergestellt werden, wenn etwas Gravierendes passiert ist. Für mich ist der Datenschutz oftmals eher als Täterschutz anzusehen. Dieser Ausdruck käme den Tatsachen bedeutend näher.

Wie auch immer. Wir müssen uns mit dem herumschlagen was wir haben. Auf einigen Szenen könnte man immerhin meinen, der Gesuchte trage einen Bart aber nicht einmal das konnten wir mit Sicherheit sagen.

Sollte uns der Täter trotzdem mal ins Netz gehen, kann er das Vorgehen am Bahnhof wenigstens nicht abstreiten. Dafür sind die Aufzeichnungen gut genug, auch wenn ich lieber sein Gesicht gesehen hätte.

Bereits rückten die Zeiger unserer Büro-Uhr gegen Mittag ich schlug deshalb Alain vor, das schöne Wetter auszunutzen und irgendwo im Freien etwas Kleines zu essen.

„Tut mir leid, ich bin schon verabredet" liess er mich wissen.

„Oho, dann will ich natürlich nicht stören" gab ich mich geschlagen. So machte ich mich denn alleine auf den Weg. Ich beschloss, in Richtung See zu gehen und mir dort am Bellevue vielleicht eine Bratwurst zu genehmigen.

*

Ich verliess das Kripo Gebäude und begab mich zur Kasernenstrasse und von dort in Richtung Stauffacher. Plötzlich bemerkte ich, dass mein Handy noch immer im Büro am Kabel hing.

Ein Kriminalbeamter ohne Handy ist wie ein Flugzeug ohne Flügel. Ich kam mir irgendwie nackt vor. Man weiss ja nie, plötzlich wird man gerufen und man sollte ausrücken. Wenn man dann nicht erreichbar ist, dann ist es für alle Beteiligten einfach nur Frust. Da ich ja noch nicht sehr weit von meinem Arbeitsplatz entfernt war, entschloss ich mich, zurück zu gehen.

Auf den Fersen machte ich kehrt und jetzt sah ich etwas hinter mir, das ich kaum glauben konnte. Den Kapuzenmann! Er erschrak sichtlich als ich mich plötzlich in seine Richtung drehte. Er wendete sich eben so schnell wie ich und begann seine Schritte in die entgegengesetzte Richtung zu beschleunigen. Obwohl er jetzt noch ca. 20 Meter vor mir war, rief ich ihm zu

„Hallo Sie! Polizei! Stehen bleiben!" rief ich mit lauter Stimme in seine Richtung.

Leider geschah das Gegenteil. Anstatt stehen zu bleiben, begann er zu rennen, was das Zeug hielt. Er rannte die Kasernenstrasse in Richtung Hauptbahnhof, wobei er die Zeughaustrasse und danach auch die Militärstrasse überquerte, ohne auf den Verkehr und die Ampel an der Militärstrasse zu achten.

„Warte, Bürschchen! Diesmal entwischst du mir nicht". Da war ich mir ganz sicher. Diesmal hatte ich die Hände frei, gute Schuhe an den Füssen und der Fussgängerverkehr auf dem Gehsteig hielt sich in Grenzen. Jetzt kam es nur darauf an, wer von uns beiden die bessere körperliche Kondition aufwies. Ich rannte als ob ich den Weltrekord von Ursain Bolt einstellen wollte. Ich merkte, wie sich der Abstand zum Flüchtenden langsam verringerte. Wir befanden uns jetzt schon fast beim dem Rest, Clipper und näherten uns der Lagerstrasse. Noch fehlten mir ca. fünf Meter um ihn zu fassen. Nachdem wir beide auf ziemlich halsbrecherische Art die Lagerstrasse zwischen den Autos überquert hatten, war der Abstand wieder um zwei drei Meter angewachsen. Ich musste unbedingt verhindern, dass der Kerl sich in den Bahnhof retten konnte, sonst drohte mir erneut dieselbe Schlappe wie beim letzten Mal. So packte ich meine letzten körperlichen Reserven aus und genau Höhe Kiosk, vor dem Eingang zum Hauptbahnhof befand ich mich nur noch ca. einen Meter hinter ihm. Jetzt sprang ich ihm wie ein Torwart beim Elfmeter, von hinten an den Hals. Durch den Stoss stürzte er nach vorn zu Boden und ich landete auf ihm. Ich schlug mein rechtes Knie ziemlich heftig auf den harten Boden auf aber das war jetzt eine Bagatelle. Er prallte mit dem Gesicht auf den Asphalt und schrie entsprechend laut.

„Sind sie verrückt? Wollen sie mich umbringen oder was? Was soll das Ganze, ich habe Ihnen nichts getan" usw. Innert kürzester Zeit sammelte sich eine grosse Menschenmenge um uns herum, die sich wie immer, mehrheitlich für den Unterlegenen einsetzte und ihm helfen wollte.

Ich kniete auf ihm, wobei er noch immer in Bauchlage war. Das sollte man nicht allzu lange tun, denn der darunter Liegende könnte nach einer Anstrengung ersticken, weil er nicht genügend Luft in die Lunge kriegt. Ich zog deshalb meine Handschellen, die ich immer bei mir trage, aus dem Hosenbund und fesselte ihm die Arme auf dem Rücken. Jetzt erst konnte ich mich gegenüber der herumstehenden Menschenmeute ausweisen indem ich meinen Ausweis in die Höhe hielt.

Ich schrie dem Täter die bekannten Sätze förmlich entgegen.

„Ich verhafte Sie wegen Tötung und mehreren Tötungsversuchen. Alles was Sie jetzt sagen kann gegen Sie verwendet werden.... usw".

Als ich das gesagt hatte, begann sich die Menschenmenge aufzulösen. Niemand wollte dem Mann mehr helfen und offensichtlich wollte auch niemand Zeuge sein. *(Das hatten wir doch schon einmal?)*

Ich drehte ihn jetzt auf den Rücken und sah, dass er am Kinn und an der Nase aufgeschürft war und blutete vom Sturz.

Jetzt schaute ich ihm genauer ins Gesicht und konnte kaum glauben, was ich sah!

„DU??" Sag dass das nicht wahr ist"!

Eine Antwort blieb er mir vorerst schuldig.

*

Bekanntlich hatte ich ja kein Telefon dabei um jemanden anzurufen. Ich entschloss mich deshalb, ihn in Handschellen, zu Fuss, an die Zeughausstrasse in mein Büro zu bringen. Ich half ihm auf die Beine und packte ihn am Oberarm. Ich hielt ihn so fest wie ich nur konnte. Vermutlich kam er sich vor wie in einem Schraubstock. Jedenfalls flehte er mich mehrmals an, ihn doch los zu lassen. Es sei sicher alles eine dumme Verwechslung und wir könnten doch einen Deal machen usw. Mir war das alles ziemlich egal. Noch selten war ich nach einer Verhaftung so erleichtert wie diesmal, auch wenn er mir einerseits leid tat. Das ist zwar schwierig zu verstehen, aber wenn ich einen Menschen verhaften muss, der jemanden umgebracht hat und zudem mehrere Versuche unternommen hat mich selbst umzubringen, dann ist dies das Eine. Wenn es sich aber um einen persönlich Bekannten handelt, der früher mal ein guter Kollege war, dann ist das etwas Anderes.

Wir waren inzwischen beim Kripogebäude angekommen und ich führte ihn am Portier vorbei in den vierten Stock. Dort sperrte ich ihn in eine Abstandszelle und fragte ihn noch ob er einen speziellen Anwalt habe oder ob ich einen Pflichtverteidiger rufen soll.

„Habe weder Geld noch einen Anwalt" gab er kurz bekannt.

Jetzt begab ich mich erst mal zur Toilette. Dort füllte ich am Wasserhahn mehrmals beide Hände mit kaltem Wasser und tauchte mein Gesicht hinein. Ich weiss zwar nicht weshalb, aber irgendetwas musste ich tun. Am liebsten hätte ich mir zwei drei Whiskys in den Hals geschüttet, aber ich war ja im Dienst und wollte am Nachmittag Herr meiner Sinne sein.

Eigenhändig schrieb ich den Verhaftsrapport und das Effektenverzeichnis. Dann rief ich den zuständigen Staatsanwalt an. Leider befand sich auch dieser in der Mittagspause und so musste ich halt abwarten. Jetzt vernahm ich Schritte im Korridor. Ich ordnete sie unserem Chef zu. Sofort begab ich mich in sein Büro und erklärte ihm, dass ich meinen Verfolger verhaftet hatte und dass es sich bei diesem um Rudolf Murheim handle, ein Mann, der früher einmal mit mir zusammen Streife fuhr!

„Sind Sie sicher, dass es sich bei diesem Murheim um denjenigen handelt welcher mehrmals versucht hat, sie umzubringen"? Fragte er um sich zu vergewissern, dass er richtig gehört hatte.

„Hundertprozent sicher", gab ich ihm zur Antwort. „Ich habe ihn zwar noch nicht befragt, aber das werde ich noch heute Nachmittag tun".

Ich erklärte meinem Chef noch wie es zu dieser Verhaftung gekommen war und ging dann in mein Büro um einen Pflichtverteidiger aufzubieten.

*

Nun traf auch Alain im Büro ein. Als ich ihm erzählte, wer sich zurzeit in der Abstandszelle befand, schaute er mich nur mit grossen Augen an. Er konnte es einfach nicht glauben.

„Das hätte ich diesem Ruedi wirklich nicht zugetraut nach unserem Treffen in Oerlikon" sagte er.

Noch bevor der Verteidiger da war, holte ich Rudolf Murheim aus seiner Abstandszelle und gab ihm die Verhaftsunterlagen, bzw. das Effektenverzeichnis zur Unterschrift, welches allerdings ausser seinem Portmonee, einem alten Handy, einer billigen Armbanduhr und seinem Gürtel nichts Relevantes aufwies.

„So Ruedi, bevor wir später zur Einvernahme kommen, habe ich doch im Vorfeld einige persönliche Fragen an dich, die mir auf der Zunge brennen. Du musst sie mir zwar nicht beantworten, aber ich frage dich trotzdem".

„Dann frag halt" sagte er noch immer kurz angebunden.

„Wir wissen beide, was du gemacht hast, und ich denke, dass die Beweise zu eindeutig sind als dass du es bestreiten könntest. Davon würde ich dir auch abraten. Wir werden uns dann im Beisein deines Anwaltes über die Tatabläufe unterhalten.

Drei Fragen möchte ich dir ausserhalb des Protokolls stellen.

Warum trachtest du mir nach dem Leben"?

„Dumme Frage" meinte er. „Du bist doch schuld an meiner ganzen Misere. Hättest Du mich damals nicht verpfiffen, so würde ich noch immer bei der Polizei arbeiten und alles sähe besser aus für mich".

„Dazu muss ich mich glaublich nicht äussern. Wenn du ehrlich bist mit dir selbst, dann musst du einsehen, dass ich gar nicht anders konnte und dass es sonst immer noch schlimmer geworden wäre".

Jetzt schien Murheim irgendwie getroffen und ich hatte schon Angst, dass er mir nichts mehr sagen würde.

„OK, lassen wir das gut sein" sagte ich deshalb.

Nun zu meiner zweiten Frage:

Als wir uns in Oerlikon trafen, wolltest du keine Früchte einkaufen. Stimmts"?
Keine Antwort. Deshalb fragte ich ganz direkt weiter:
Warum musste Karl Hirschler sterben"?
Lange Zeit sagte Rudolf Murheim gar nichts. Er schwieg wie eine Mauer und starrte in eine Ecke.
„Warum"? doppelte ich nach einer Weile noch einmal nach.
„Als ich schon nicht mehr bei der Polizei war", begann er jetzt zu reden „du weisst ja, da bin ich mal in einer Villa am Zürichberg eingebrochen. Diese Strafe habe ich aber abgesessen, Dafür könnt ihr mich nicht mehr belangen. Ich habe damals ziemlich viel teuren Schmuck erbeutet und wollte ihn verhökern. Da ich von Hirschler wusste, dass er Kontakte zur Unterwelt hielt, habe ich ihn gefragt, ob er mir vielleicht eine Adresse kenne, wo ich den Schmuck loswerden könnte. Ich weiss, dass er solche Adressen kannte. Nein, was hat dieser Hund gemacht? Er hat mir gesagt, dass er sich umhören wolle. Stattdessen hat er mich bei der Polizei verpfiffen und ich musste für einige Zeit ins Loch. Sowas nennt man einen Kollegen. Er hat es nicht anders verdient"!

Ich merkte, dass Murheim sich keinerlei Schuld bewusst war und sich nicht die geringsten Vorwürfe machte, ein Leben ausgelöscht zu haben, sondern sich absolut in seinem Recht fühlte. Für mich war das einfach unfassbar. Was muss in so einem Kopf vorgehen? Was haben die Wut und die Rachengelüste nur mit ihm angestellt? Ich wollte nicht näher darauf eingehen, zumal ich mit ihm eigentlich gar nicht über den Fall reden dürfte ohne Anwalt. Trotzdem musste ich ihm noch eine dritte Frage stellen:

„Wer ist Pius Eckert"?

„Dieser Dreckskerl! Schön, wenn ihm einige Probleme entstanden sind. Das war auch meine Absicht. Schliesslich hat er mir damals bei einem OD-Einsatz *(Ordnungsdienst bei Demonstrationen usw.)* die Nase gebrochen. Weisst du wie das schmerzt? Dafür hat er vom Richter den Mahnfinger gezeigt bekommen, das war alles und ich meinerseits musste in den Notfall und danach mit einer Gesichtsmaske herumlaufen. Da schadet es wohl nichts, wenn ich diesen Schweinehund mal da und dort ein wenig hineinreite und ihm ein paar Unannehmlichkeiten bereite".

Auch in diesem Fall schien der Angeschuldigte absolut uneinsichtig und ich brachte ihn zurück in die Abstandszelle.

*

Um ca. 15:00 Uhr erschien der Pflichtverteidiger und, nachdem dieser einige Minuten mit seinem Mandanten unter vier Augen gesprochen hatte, konnten wir mit der ersten Einvernahme beginnen. Ohne ins Detail zu gehen, befragte ich Murheim über alle uns bekannten Geschehnisse. Wie nicht anders zu erwarten, war er in allen Punkten geständig. Warum auch nicht, schliesslich fühlte er sich noch immer absolut im Recht. So schien es mir wenigstens. Genaue und detaillierte Einvernahmen zu jeder einzelnen Tat werde ich zu einem späteren Zeitpunkt durchführen. Diese erste, grobe Befragung musste vorläufig mal genügen für den Staatsanwalt um dem Angeschuldigten die Untersuchungshaft zu eröffnen.

Nachdem ich Rudolf Murheim im Gefängnis eingecheckt hatte, rief ich endlich Karin an und eröffnete ihr die freudige Nachricht, dass wir ab sofort wieder unser normales Leben ohne Angst ausleben können, weil derjenige welcher Meines auszulöschen versucht hatte, nun im Gefängnis sitze. Ich merkte förmlich, wie ihr ein grosser Felsbrocken vom Herz fiel und wenn ich ehrlich bin, ging es mir nicht anders.

„Ich beabsichtige, morgen Nachmittag frei zu nehmen". Sagte ich ihr. „Ich möchte diese Verhaftung mit dir ein wenig feiern. Ich habe mir vorgestellt, dass ich etwas Schönes kochen würde und wir den Abend zusammen verbringen könnten. Was meinst Du"?

„Ja, da freue ich mich schon jetzt darauf ich werde mal schauen, dass ich vielleicht auch eine Stunde früher als sonst Feierabend machen kann, dann haben wir ein wenig mehr Zeit. Super! Bis dann".

Nun war es Zeit, für heute Schluss zu machen und ich lud Alain zur Feier des Tages noch zu einem Feierabend Bier ein.

*

Am Abend lag ich lange im Bett ohne einschlafen zu können. Das hatte auch seinen Vorteil. So konnte ich ein feines Menü im Kopf zusammenstellen mit welchem ich Karin überraschen wollte. Ich wollte wirklich etwas nicht Alltägliches machen, schliesslich hatten wir etwas zu feiern. Viele exklusive Sachen gingen mir durch den Kopf, bis ich schliesslich bei einem Gericht hängen blieb. Jawohl, ein Filet Wellington sollte es sein.

Am nächsten Morgen stand ich so leicht auf wie schon lange nicht mehr. Im Büro angekommen erledigte ich viele Kleinigkeiten, die in letzter Zeit liegen geblieben waren. Rudolf Murheim eilte jetzt nicht mehr. Er würde mit Sicherheit in U-Haft bleiben bis zu seinem Prozess. Deshalb vereinbarte ich mit seinem Anwalt erst auf die kommende Woche einen Termin. Im Kopf war ich schon ganz beim kommenden Abend den ich mit Karin verbringen würde. Ich rief deshalb meinen befreundeten Metzger an und fragt ihn, ob er ein Nieren Fettnetz hätte, *(Darin werden z.B. Adrios eingepackt)* Ich hatte Glück, wie er mir sagte, verfüge er noch über ein paar solcher Netze. Er werde mir ein Schönes reservieren, versprach er mir.

„Na also, dann komme ich anfangs Nachmittag bei dir vorbei. Bis dann, Tschüss".

Nachdem ich mich im Büro verabschiedet hatte, begab ich mich auf Einkaufstour. Beim besagten Metzger kaufte ich nebst dem Netz noch ein wenig Kalbsbrät, sowie natürlich 600 Gramm Rindsfilet vom Mittelstück. Im Lebensmittelgeschäft besorgte ich mir den

Blätterteig, Morcheln und alle weiteren Zugaben.

Kaum zuhause angelangt, begann ich mit der Vorbereitung. Ich wusch und hackte die Morcheln, schnitt den Lauch ganz fein, dämpfte das Ganze mit Schalotten im Butter an. Dann breitete ich den Blätterteig aus, legte das Fettnetz darüber und bestrich es ca. einen cm dick, mit der vorbereiteten Masse aus Kalbsbrät, Parfait aus der Tube *(anstelle von Gänseleber)* einen Schuss Portwein, sowie den fein gehackten Morcheln und Lauch. Darauf legte ich das vorher schön braun gebratene Filet und wickelte das Ganze damit ein. So brauchte ich es nur noch in den Ofen zu schieben wenn Karin dann kommen würde.

Dazu gab es gebratene, neue, kleine Kartoffeln, gedämpfte Tomaten und Blattspinat mit einer darunter gezogenen, ganz dünnen und leichten Knoblauchsauce.

Jetzt bereitete ich noch ein paar feine Häppchen vor zum Aperitif und so konnte der Abend kommen.

Als Karin kam, war alles fertig vorbereitet und die wenigen Handgriffe die es noch zu machen gab, störten unsere Zweisamkeit in keiner Art und Weise.

Karin hatte nebst dem Aperitif noch zwei oder drei Gläser vom feinen Barolo getrunken und so entschied sie sich, die Nacht bei mir zu bleiben und den schönen, endlich wieder mal ruhigen Abend gemütlich ausklingen zu lassen.

Leider kam der Morgen viel zu schnell und entsprechend gnadenlos riss uns der Wecker aus dem tiefen, friedlichen Schlaf. Schliesslich mussten wir ja beide wieder zur Arbeit.

Trotz des harten Aufstehens fuhr ich glücklich und unbeschwert wie schon lange nicht mehr, in mein Büro.

Endlich hatte der Albtraum, den ich eigentlich nie in meinem Kopf wahrhaben wollte, der mich aber in der vergangenen Zeit stets verfolgt hatte, ein Ende genommen und so sah die Welt für mich wieder viel friedlicher aus.

Wer weiss, was mich in Zukunft noch alles beschäftigen wird?

Ich werde es Euch irgendwann im Band 4 erzählen.

ENDE

Zusammenfassung

Es gibt kaum etwas Spannenderes als die Arbeit bei der Kriminalpolizei. Oder kennen Sie ein anderes Thema (Nebst der Liebe) über das so viele Romane geschrieben und so viele Filme gedreht wurden?

Auf der einen Seite steht das Verbrechen, auf der andern die Polizeiarbeit durch welche das Verbrechen aufgeklärt werden sollte.

So ist der Lauf der Dinge, so muss es sein.

Jedenfalls dachte ich es so.

Was aber ist, wenn das Verbrechen plötzlich die Polizei ins Visier nimmt?

Was geht im Kopf eines Kriminellen vor, der sich zum Ziel gesetzt hat, den Polizisten zu ermorden, der ihn einmal der gerechten Strafe zugeführt hatte?

Lesen Sie selbst wie es einem Ermittler geht, der an jeder Strassenecke mit einem Anschlag auf sein Leben rechnen muss.

Viel Spannung und Lesevergnügen!

Schlussbemerkung

Hat ihnen das Buch gefallen? Dann sagen sie es weiter und gönnen sie sich doch die ersten beiden Bänder der gleichen Serie

Band 1
Das andere Gesicht   von Peter J. Hoff

Band 2
Wellen am ruhigen Seeufer   von Peter J. Hoff

Beide Bücher sind im BoD (Book on Demand) Verlag erschienen und sind bei allen grösseren Buchhandlungen via Internet bestellbar.